LA SAGESSE DE LA MER

Du cap de la Colère au Bout du monde

DU MÊME AUTEUR

LE CERCLE CELTIQUE, Denoël, 1995.

LONG JOHN SILVER, *La relation véridique et mouvementée de ma vie et de mes aventures d'homme libre, de gentilhomme de fortune et d'ennemi de l'humanité*, Grasset, 1995.

LE CAPITAINE ET LES RÊVES, Grasset, 1999.

LE MAUVAIS ŒIL, Grasset, 2001.

BJÖRN LARSSON

LA SAGESSE DE LA MER

Du cap de la Colère au Bout du monde

Traduit du suédois par
Philippe Bouquet

BERNARD GRASSET
PARIS

L'édition originale de cet ouvrage a été publiée par Norstedts Förlag, à Stockholm, en 2000,
sous le titre :

FRÅN VREDENS KAP TILL JORDENS ÄNDE

[Le texte a été quelque peu modifié pour l'édition française.]

Notre idéal ne devrait pas être le calme plat
qui peut transformer la mer en marécage,
ni l'ouragan, mais le grand et puissant alizé,
plein de vie, de joie, de force et de santé,
balayant le monde de son souffle perpétuel.

Harry MARTINSON : *Kap Farväl!*

Du manque de racines ainsi que des libertés que l'on s'accorde

En anglais et dans d'autres langues existe la belle expression *licence poétique*. Plus prosaïque, le suédois parle de « liberté poétique », voulant dire par là que le poète a le droit, dans le monde des mots, de prendre des libertés avec la réalité et avec la langue ; paradoxalement, c'est le plus souvent dans le but de dire telle ou telle vérité.

Le sous-titre du présent ouvrage, *Du cap de la Colère au Bout du monde*, en est la parfaite illustration. Du cap de la Colère, *Cape Wrath*, je n'ai jamais vu que des images, photographiques ou autres. A cela s'ajoute le fait que *Cape Wrath* ne veut pas dire, comme on le croit généralement, « cap de la Colère ». *Wrath* vient en fait du vieux norrois *Hvaif*, qui veut dire « tournant, point où l'on fait demi-tour ». Ce sont en effet les Vikings qui lui ont donné son nom au cours de leurs incessants allers et retours entre les Orcades et les Hébrides extérieures, qui furent entre les mains des hommes du Nord pendant plusieurs siècles.

En revanche, j'ai non seulement vu mais doublé de près, par un vent du nord force 8 ou 9 qui s'était levé en l'espace de quelques minutes, *Cabo Finisterre*, le cap qui constitue la pointe extrême de l'Espagne et de la Galice en direction de l'Atlantique. Et *Finisterre* veut vraiment dire « le Bout du monde ». A ceci près que, contrairement à ce que l'on croyait jadis, ce n'est pas le point le plus occidental de l'Europe. Celui-ci se trouve en fait en Irlande (exception faite, bien entendu, de quelques « petites îles » telles que l'Islande, les Canaries et Madère).

Mais je n'ai pas pu résister à un sous-titre comme *Du cap de la Colère au Bout du monde*. Pourtant il ne m'a pas paru possible de mener le lecteur en bateau de façon aussi éhontée. Car, malgré tout, ceci n'est pas un roman.

Qu'est-ce donc ?

Un récit de voyages ? Jusqu'à un certain point. Un livre de réflexions sur la vie telle qu'on peut la voir depuis le cockpit et le pont d'un voilier ? Oui, sans aucun doute. Un compte rendu de traversées ? Egalement, quoiqu'il ne se présente pas sous la forme d'un livre de bord. Un hommage rendu aux pays et parages marqués depuis des siècles par les Celtes ? Je l'aimerais bien. Une source d'inspiration pour ceux qui rêvent d'une autre vie, quelque peu différente ? Je l'espère.

Avant tout, je souhaite qu'il donne à beaucoup de gens l'envie de lire *Resor utan mål* et *Kap Farväl!* de Harry Martinson [1], que je n'hésite pas à qualifier de plus beaux livres de voyages de l'histoire de la littérature, à des encablures de *travel writers* d'aujourd'hui portés aux nues par la critique tels que Chatwin ou Théroux.

Si Harry Martinson avait écrit dans une langue de grande diffusion telle que l'anglais, j'ose affirmer qu'il serait à l'heure actuelle un modèle et un idéal pour tous ceux qui se réclament de la littérature de voyage. Il est hélas si original et novateur sur le plan linguistique qu'il est presque intraduisible. Mon traducteur français a tenté l'expérience et renoncé – du moins provisoirement – pour ne pas risquer de donner au monde une image par trop fade et anodine de son suédois à nul autre pareil. Essayez un peu de dire *solsocker* et *solsalt* [2] dans n'importe quelle autre langue. Essayez de rendre *det staketinhägnade jäktets tomhet* [3].

1. *Resor utan mål* existe en français sous le titre *Voyages sans but* (traduction E. Avenard, Stock, 1938 ; rééd. 1974 et 1991) mais *Kap Farväl!* n'a jamais vu le jour dans notre langue. Afin d'assurer une certaine homogénéité linguistique, nous avons effectué nous-même la traduction des nombreuses citations de ces deux ouvrages. [N.d.T.]

2. « Sucre de soleil » et « sel de soleil » sont en effet bien pâles, à côté. [N.d.T.]

3. « L'inanité d'une vie trépidante entourée de clôtures ». La preuve est largement administrée ! [N.d.T.]

Nous n'en avons que plus de raisons, nous autres Suédois, de lire et relire ses livres. Car, Martinson, ce n'est pas seulement une langue, c'est aussi une vision de la vie et de la réalité qui doit plus que jamais s'imposer à nous. Au cœur de cette vision réside un hommage à l'être humain en tant que voyageur et que nomade. C'est ainsi que, dans *Resor utan mål*, il écrit : « *Peut-être apparaîtrait-il que le désir de voyager est l'aspiration la plus fondamentale de l'humanité, une fois satisfaites celles de pain et d'amour.* »

A la différence de bien d'autres écrivains, Martinson possédait mieux que quiconque l'étrange faculté de voir le monde à la fois dans ses détails les plus infimes et dans sa grandeur infinie. On pourra en juger à la simple lecture des deux phrases suivantes : « *Par ailleurs, comme un peu partout dans le monde, il y a dans ce local des bancs de bois sur lesquels sont assis des gens qui attendent de l'aide. Je suis resté là une semaine et aucune aide n'est venue.* »

Pendant le temps qu'a pris la rédaction du présent livre, je n'ai pas vraiment pensé à Harry Martinson. Ce n'est qu'à la fin, et après avoir relu *Resor utan mål* et *Kap Farväl!* pour la dixième fois peut-être, que je me suis avisé qu'il avait déjà abordé presque tout ce dont je parlais et qu'il l'avait fait mieux que moi et avec plus de grâce.

C'est pourquoi j'ai décidé de lui faire commenter mes expériences, mes idées et aventures.

Je suis parfaitement conscient des risques d'une pareille entreprise : la différence en matière de poésie et de profondeur entre ce qui m'appartient en propre et ce qui est de Martinson ne sera que trop évidente. Mais c'est également le but de la manœuvre. Il n'y a aucune raison de faire semblant de l'ignorer : ni moi ni aucun autre auteur de récits de voyages, de quelque calibre qu'il soit, n'arrive à la cheville de Harry Martinson

Cela ne m'empêche pourtant pas d'espérer que mes expériences et les réflexions philosophiques à la petite semaine que j'ai pu faire dans mon cockpit aient quelque chose à apporter aux navigateurs de l'époque ainsi qu'aux terriens invétérés. Je n'ai pas fait le tour du monde, comme Martinson, mais j'ai cependant voyagé. Je n'ai pas été vagabond, comme Martinson, mais j'ai le sentiment que ma vie n'a pas toujours été des plus banales et que, précisément pour cette raison, elle pourrait en intéresser d'autres que moi.

A l'aune de la plupart des gens, je dois donc passer pour une âme à la fois déracinée et ne tenant pas en place, un de ces êtres dont *l'aspiration la plus fondamentale est le désir de voyager.* Avant l'âge de quarante ans, je n'avais jamais vécu plus de quelques années à la même adresse, exception faite de la boîte postale qui m'en a servi pendant quatre ans. Jusqu'au même âge, j'ai réussi à éviter d'avoir un « emploi fixe ». La vie doit être ponctuée au plus de virgules, de points-virgules et de points de suspension. Le point final sera de toute façon mis un jour.

Pendant longtemps, je n'ai rien possédé : ni voiture, ni poste de télévision, ni téléphone, ni meubles – rien que mon bateau et son équipement, ainsi qu'une dizaine de mètres linéaires de livres entreposés chez des amis et connaissances. J'ai passé la plus grande partie de ces vingt dernières années à l'étranger, quatre en France, quinze au Danemark, une en Irlande et deux à voyager dans l'Atlantique Nord. Pendant six ans, j'ai vécu de façon permanente à bord de mon voilier, le *Rustica*, et je pense que je n'ai sans doute jamais été aussi heureux, pour être honnête. Lui et moi trouvions très bien de ne pas avoir de port d'attache.

Nous avions beaucoup navigué dans les eaux de ce qu'on appelle *The Celtic Fringe* : l'Ecosse, l'Irlande, le pays de Galles, la Bretagne et la Galice. Peut-être étais-je en quête d'un pays qui fût le mien, d'un endroit où il vaille la peine de tenter de vivre un moment de façon satisfaisante, et aussi longtemps que possible. Mon postulat de départ est simple : nous ne disposons que d'une seule vie et il ne sert à rien d'être immortel de l'autre côté de la tombe.

Je reconnais donc volontiers être déraciné, au plus haut point, mais y vois un avantage, la chance de choisir soi-même de s'enraciner à l'endroit où le terreau est le plus fécond, c'est-à-dire rien d'autre que ce que l'être humain a fait de toute antiquité.

Mais peut-être suis-je à nouveau en train de prendre des libertés avec la vérité. Car, à vrai dire, ma seule patrie est le mouvement, qu'il s'agisse de faire la navette entre Gilleleje, où j'habite pour l'instant, et Lund, où je travaille, ou d'une longue traversée vers des parages inconnus. Ce n'est que lorsque je voyage – assis dans un train ou confortablement installé sur le siège d'un avion, mais avant tout sur le *Rustica* – que je vis dans le présent. Autrement, je désire trop de choses. Je souhaiterais pouvoir vivre une centaine de vies, écrire une centaine de livres, en lire un plus grand nombre encore, faire la connaissance de nouvelles personnes à aimer ou avec lesquelles être ami, trouver des pierres précieuses et les polir, explorer la voûte céleste, élaborer des théories scientifiques, naviguer dans d'autres eaux. Et ainsi de suite : une chose ou une autre, sans aucune exclusive. J'aurais aimé avoir plusieurs vies mais je me contente de n'en avoir qu'une.

Pour parler comme Wittgenstein, il n'est facile ni de trouver une solution aux problèmes de l'existence en vivant de telle façon que ces mêmes problèmes disparaissent, ni et plus prosaïquement de naviguer un certain temps en toute liberté afin de trouver les endroits où il vaut la peine de s'arrêter un moment.

Mais c'est possible.

Il est possible de prendre son temps. Il est possible de mener une existence légèrement différente de celle qui est toute tracée.

A l'âge de vingt ans, je suis monté à bord d'un train en partance pour Paris avec deux valises, vingt mille couronnes d'économies et un aller simple. J'avais l'intention d'y vivre tant que dureraient ces économies. Des amis m'ont demandé si ce n'était pas « risqué » et d'autres ont dit que je faisais preuve de « courage ». Mais en quoi étais-je courageux ? Tant que j'avais assez d'argent pour me payer le billet de retour, je n'avais pas besoin de me montrer courageux. Je suis resté un an à vivre dans une *chambre de bonne* [1], sous les toits, à

1. En français dans le texte. (N.d.T.)

peu près comme je le désirais, même si c'était sans le moindre luxe. Un peu d'ingéniosité suffit.

Je voue donc un culte au mouvement et à l'absence de racines. Le fait de ne pas tenir en place, en revanche, est une plaie. Il faut tout faire pour l'éviter, ainsi que sa variante moderne, le *stress*, que Martinson appelle *l'inanité d'une vie trépidante entourée de clôtures.*

Au fond, ce livre reflète donc sans doute une tentative parmi beaucoup d'autres de vivre en se débarrassant des problèmes de la vie. Elle repose sur un voilier du nom de *Rustica* et sur l'amour des Celtes ainsi que des eaux et des terres celtiques. Bien entendu, il est loin d'être évident que ce mode de vie puisse convenir à tous. Mais, si cela peut donner à certains le désir de faire l'essai d'autres voies, ce ne sera pas pour me déplaire. Si cela peut donner à certains le désir de prendre des libertés avec la vie, ce ne sera pas pour me déplaire. Et si, en plus, cela peut en inciter à découvrir Harry Martinson, je serai comblé.

Comme tu as pu le constater, dit ce dernier à la jeune Péruvienne qu'il a sortie de prison à Santiago, *le monde est sacrément problématique. Il faut se livrer à toutes sortes de tentatives, dans ce monde surpeuplé de renards calculateurs et de vers de terre végétatifs.*

| *Voyager*

C'était au début de l'automne, à Kinsale, sur la côte sud de l'Irlande. Le *Rustica* et moi avions cherché un port pour l'hiver après trois mois de navigation dans les eaux celtiques, depuis Loch Skipport, sur South Uist, au nord, jusqu'à Baltimore, au sud. Cela avait été une période inoubliable, de celles où l'on peut se remémorer avec précision chaque jour de sa vie.

Helle, ma compagne dans la vie et à bord, était retournée pour quelques mois au Danemark, afin de travailler et de renflouer notre caisse. Ce fait suscitait non seulement l'étonnement, mais aussi l'admiration des plaisanciers du sexe masculin rencontrés au cours de ma navigation solitaire de Dublin à Kinsale. Plus d'un avait du mal à croire qu'on puisse parvenir à arranger ses affaires de façon aussi parfaite. L'un d'entre eux était même allé jusqu'à crier à sa compagne, qui se trouvait dans la cuisine : « T'as entendu ça ? Sa femme est rentrée au pays gagner de l'argent pour qu'il puisse continuer à naviguer ! »

En attendant le retour de Helle, j'ai eu la visite de mon bon ami Torben. Il ignore tout de la voile mais possède la plupart des autres qualités qui rendent très précieuse une amitié comme la sienne. C'est en outre l'un des êtres les plus érudits que je connaisse.

Parmi les écrivains qu'il situe le plus haut, Samuel Beckett occupe une place particulière. Torben connaît l'œuvre de Beckett sur le bout des doigts et est capable d'en citer de longs passages de mémoire. Il a par exemple remarqué que, dans le roman *Molloy*, il est dit de l'un des personnages qu'il « s'asseyait sur le banc exactement comme Walter ».

— Le hic, explique Torben, c'est que ce Walter ne figure nulle part ailleurs dans le texte, uniquement sous la forme d'un *vide* sur ce banc.

Chacun comprendra qu'il faut vraiment bien connaître l'œuvre d'un écrivain pour être capable de découvrir ses vides.

Torben attendait beaucoup de sa visite en Irlande. Il espérait découvrir quelque écho bien dissimulé au fond de l'œuvre de Beckett. Car, même si celui-ci s'était exilé pour quitter un pays à l'époque fort bigot et mesquin, Torben était persuadé que l'Irlande avait laissé en lui des traces si profondes qu'aucun étranger ne pouvait les découvrir immédiatement, à la simple lecture de ses textes.

Torben et moi avons fait de longues promenades sur les hauteurs entourant Kinsale. Nous choisissions le plus souvent comme but une petite localité où nous étions certains de trouver un pub pour boire une *pint* de bière assez allongée et manger un sandwich. Un jour, nous étions en route vers Ballyspittle, pour aller voir la célèbre madone qui a la réputation de bouger quand l'idée lui en vient (il n'est pas impossible, cependant, que le premier à l'avoir vue se balancer ainsi l'ait fait au retour du pub !). Quelques années plus tôt cette madone agitée avait incité des dizaines de milliers d'Irlandais à partir en pèlerinage pour la petite localité enfouie au fond de sa vallée. Il y avait toujours des haut-parleurs installés de chaque côté de son piédestal d'un mètre de haut.

Non loin de Kinsale, sur la rive sud de la Bandon River et en direction de l'ouest, on dirait que le paysage se soulève. Après une longue montée, on parvient sur un plateau du haut duquel on a les flots bleus de l'Atlantique d'un côté et, de l'autre, à perte de vue en direction du nord, les prairies d'un vert tendre de l'Irlande.

Torben et moi suivions de petites routes sur lesquelles nous ne rencontrions pas âme qui vive, entre les prés et les vaches en train de ruminer. La seule chose à laquelle il fallait faire attention, c'était où nous mettions les pieds, car il y avait partout de grosses bouses de vaches.

Soudain, Torben s'immobilisa au milieu d'un pas.

— Je comprends, maintenant ! s'exclama-t-il.

— Quoi donc ?

— Pourquoi il y a tant de bouses de vaches dans les livres de Beckett !

Il s'était souvent interrogé sur la raison pour laquelle Beckett parlait si souvent de la consistance et de l'odeur de la bouse. Il en avait maintenant l'explication. Beckett avait marché sur de petits chemins à vaches comme ceux-ci. Il avait respiré le même air que nous. Comme nous, il était resté suspendu entre le ciel et la terre, avec une vue incomparable et un air de cristal, mais empuanti par l'odeur de bouse de vache fraîche.

Torben et moi nous en entretînmes et je fus frappé par l'idée que nous n'aurions jamais pu faire cette découverte si nous n'étions pas allés à pied. Même à bicyclette, il n'est pas certain que ces impressions auraient eu le temps de pénétrer en nous. En voiture, c'était naturellement exclu. Si le fait de voyager consiste à faire des expériences et non à se laisser transporter, la valeur du voyage est fonction inverse de la vitesse à laquelle on l'effectue.

C'était un soir à Tréguier, vieille cité épiscopale entièrement bâtie en granit de Bretagne, à l'ombre de son immense cathédrale. Helle et moi étions assis dans le carré du *Rustica* avec une bonne bouteille de vin. Nous évoquions nos souvenirs communs de la traversée de Copenhague en Irlande, puis en Cornouailles et maintenant en Bretagne, où nous nous apprêtions à passer un nouvel hiver. Sans même avoir à ouvrir notrc livre de bord, nous étions capables de raconter chaque journée, de dire l'aspect et la couleur de la mer, la force du vent, notre degré de lassitude au cours du quart du petit matin, d'évoquer ce bateau de pêche qui était passé tout près de nous, au milieu de la mer du Nord, avec un matelot en train de fumer sa pipe, à l'abri de la cabine, aussi paisiblement que s'il se prélassait au soleil, sur un banc, dans un parc. Et puis le calme de l'île de Canna, les tourbillons du Corrywreckan, notre inquiétude le jour où, à l'ancre en dessous des grandes montagnes de Rhum, nous nous sommes mis à rouler très violemment, au milieu de la nuit, sous une houle venue d'une direction inattendue, l'énorme phoque qui se vautrait dans le port d'Arglass, les petites lames courtes au large du cap Fréhel, le jour où nous avons croisé *Le Renard,* réplique du célèbre navire corsaire de Surcouf récemment construite par les Malouins... Bref, nous nous souvenions de tout avec une clarté et une netteté particulières.

Quelques jours plus tard, j'étais par hasard en train de regarder une vieille carte de la Bretagne. Je me l'étais procurée lorsque j'avais longé la côte nord de la Bretagne à bicyclette et j'y avais porté mon itinéraire. Jugez de mon étonnement quand je me suis aperçu que j'avais alors traversé Tréguier, où nous nous trouvions précisément en ce moment. Mais ma mémoire était totalement vierge. Pourtant, Tréguier n'est pas une ville que l'on oublie si facilement. J'ai tenté de me remémorer les différentes étapes de ce voyage à bicyclette, mais n'ai pu en retrouver que des bribes : une plage, un hôtel, un sourire, un baiser, l'amour au bord d'une falaise et, dans un camping, un chien efflanqué abandonné à son triste sort. C'était à vous fendre le cœur. Ce chien refusait de quitter le camping, parce que c'était le dernier endroit où il avait vu son maître.

En revanche, je me souvenais avec une parfaite netteté du trajet que j'avais effectué, à pied, entre Dieppe et Fécamp, le long des falaises de la côte ouest de la Normandie.

Voyager, avons-nous décidé, Torben et moi, c'est vivre, faire des expériences. Mais, pour cela, il faut aller à une certaine allure, qui est celle de l'être humain et non celle des moyens de transport. Naviguer à la voile est une façon assez lente de se déplacer, si l'on ne fait pas la course à bord de ces merveilles de vitesse à fond plat construites pour la régate. Sur le *Rustica*, nous marchons, dans le meilleur des cas, à cinq nœuds, ce qui correspond à neuf kilomètres à l'heure sur terre et n'est donc guère plus rapide qu'un bon marcheur. A cette allure, on ne s'étonnera pas qu'il faille un couple d'années pour faire le tour de la terre, à peu près le temps que cela prendrait de le faire à pied. Pour traverser la mer du Nord à la voile, de Thyborøn, au Danemark, à Fraserburgh, à la pointe est de l'Ecosse, il nous a fallu deux jours et dix-sept heures. Couvrir à pied la même distance, six cent dix kilomètres, soit à peu près celle de Malmö à Stockholm, nous aurait peut-être pris un jour de plus, mais à la condition d'avoir la force de marcher jour et nuit. Il aurait été bien plus rapide de traverser la mer du Nord à bicyclette : un bon cyclotouriste effectuerait le trajet en un jour et demi, un coureur cycliste en une quinzaine d'heures.

Je crois que la plupart des marins seraient d'accord avec moi pour dire que la voile possède de singulières aptitudes à vous permettre des aventures et à vous laisser des impressions particulièrement fortes et durables. Faire de la voile, c'est se souvenir. Tout simplement parce qu'on a le temps de se remémorer ce qui défile près de vous en chemin.

Je suis revenu d'Irlande en avion en l'espace de deux heures. De ce prétendu voyage, je ne me souviens absolument pas. Voyager en avion, c'est être transporté tel un paquet. La seule chose que l'on souhaite (en tout cas, moi), c'est que cela se termine aussi rapidement que possible. Peu importe que l'on vous serve un verre de champagne gratuit.

Mais il ne faut pas généraliser jusqu'à l'absurde. Toutes les opinions sont dans la nature, y compris à propos des voyages. Robert Louis Stevenson a écrit : « Je ne voyage pas pour arriver quelque part ; je voyage pour le plaisir de voyager. » Ce que l'on peut rapprocher de ces propos de Samuel Beckett, dans un contexte très différent : « Nous ne voyageons pas pour le plaisir de voyager, que je sache. Nous sommes cons, mais pas à ce point-là. »

Quant à Harry Martinson, il nous enseigne qu'il ne suffit pas, naturellement, de se déplacer à la bonne vitesse.

Du cap de la Colère au Bout du monde

Nos vapeurs font le tour de la terre six fois plus vite que les navires de croisière de l'ère de la marine à voile. Notre aventure est à base de changements constants, de vitesse et de distances. Si l'on est éveillé et affamé, on voit une quantité fort pénible de choses. Si l'on est indifférent et amorphe, peu importe le nombre d'horizons qui se glissent dans vos jours.

(*Kap Farväl !*)

Il faut donc garder les yeux ouverts.
Grands ouverts.

| *Rencontres*

Je fais partie de ceux qui sont fascinés par les gens – au sens figuré, naturellement. Non que j'imagine que l'être humain soit foncièrement bon. Pas plus que mauvais, d'ailleurs. Il semble seulement qu'il n'y ait aucune limite à sa nature ni à ses activités. Il est manifeste qu'il peut être infiniment bon et infiniment mauvais. Prétendre le contraire serait prendre ses désirs pour des réalités, dans le meilleur des cas. Dans le pire, ce serait de la bêtise.

C'est cependant ce qui, même dans des limites morales raisonnables, le rend si fascinant, cette richesse de nuances et cette variété, cette multiplicité de tons et de sonorités. Ce qui m'intéresse surtout, c'est de savoir ce que les autres pensent de la vie, la façon dont ils s'efforcent – en supposant qu'ils le fassent – de mener une existence aussi satisfaisante que possible. En quoi consiste leur bonheur ? Jusqu'où vont leurs rêves ?

Nous avons rencontré bien des gens, au cours des dix mille milles que nous avons couverts en bateau. Nous sommes toujours en contact avec certains d'entre eux et les comptons parmi nos amis. Petter et Jette, que j'ai rencontrés à Kinsale et qui habitent maintenant toute l'année à Copenhague, dans un bateau en bois qu'ils ont construit eux-mêmes, avec leurs deux enfants qu'ils emmènent chaque jour à la crèche dans l'annexe. Jørn et Marianne, qui partagent leur existence entre la terre et la mer, ce qui les amène à changer de bateau aussi souvent que d'autres de voiture.

Certains encore – la plupart – n'ont été que des connaissances, fréquentées de façon intense mais passagère l'espace de quelques jours. Où sont-ils maintenant ? Comment se présente leur existence à terre ? A moins qu'ils ne soient toujours en train de sillonner les océans ?

Junior, par exemple, avec son bateau en acier qu'il avait construit lui-même, qui s'inquiétait de tout et savait à peine naviguer mais a rallié Gibraltar en solitaire. Où se trouve-t-il, maintenant ? Ou bien Erling et Gry, que j'ai rencontrés à Kinsale sur le *Gryling*, un Colin Archer gros et lourd comme un crapaud. Erling et Gry étaient partis depuis cinq ans pour faire le tour de la terre, travaillant çà et là pour gagner leur vie et entretenir leur bateau. Mais l'argent avait toujours tendance à manquer, à bord, au point qu'ils en avaient fait une règle de vie : « *No money, no worry !* » J'ai reçu d'eux une carte postale, récemment, m'annonçant qu'ils étaient rentrés sains et saufs chez eux, dans le nord de la Norvège.

Ou encore le jovial capitaine de l'*Eliza*, le visage tanné par le soleil, qui avait traversé à deux reprises l'Atlantique en s'ennuyant chaque fois « jusqu'aux larmes ». Il s'accordait un peu de repos dans l'archipel écossais après en avoir eu assez du *pushing around.* Est-il encore en train de faire le tour des Hébrides ? Ou Joe, cet Ecossais qui nous a pris en remorque pour nous faire pénétrer dans le port de Falmouth, après une avarie de moteur ? Joe gagnait son pain quotidien à bord d'un sous-marin nucléaire restant six mois de suite en plongée. C'est lui qui nous a dit que la terre sent le pourri et qu'une affreuse puanteur emplit les narines chaque fois qu'on ouvre les écoutilles, en surface, au bout de six mois. Nous savons qu'il est parti pour la Méditerranée, car Helle l'a rencontré par hasard un an plus tard, à Majorque, où elle était allée faire de la voile avec sa sœur. Mais ensuite nous avons perdu sa trace. Ou encore Joyce et Bill, rencontrés à Camariñas, en Galice, qui nous ont offert le champagne après avoir appris que Helle était enceinte. Joyce et Bill avaient conclu un marché : passer d'abord cinq années à voyager en camping-car, pour elle, et ensuite cinq autres à naviguer, pour lui. Seulement, Joyce n'avait pas tardé à s'apercevoir qu'elle était morte de peur sitôt qu'elle posait le pied sur un bateau. Ils étaient pourtant parvenus jusqu'en Galice et devaient rentrer chez eux, en couvrant à nouveau cinq cents milles sur le golfe de Gascogne et la mer d'Irlande. Comment s'est passé ce voyage de retour ? Quelles traces cette peur de la mer qu'elle avait, elle, et ce désir d'aventure qui le possédait, lui, ont-ils laissées dans leur existence ? Ou encore Yann, rencontré sur l'île de Groix à bord de son voilier, le *Tadjoura*. De son métier, il était capitaine de la marine marchande. Mais, comme s'il n'en avait pas encore assez de la mer, il passait tous ses loisirs à faire le tour de la Bretagne à la voile, souvent en quête des spécialités culinaires de l'endroit, qu'il adoptait l'espace de quelques jours ou semaines. Il naviguait toujours en solitaire et ne recevait des amis à bord que lorsqu'il était à quai. Nous avons rarement vu quelqu'un manœuvrer un voilier avec autant de calme et de sûreté. C'était un professionnel, nous n'étions que des amateurs. Où est-il maintenant, dans son First 30 ? A moins qu'il ne soit sur la passerelle d'un navire, sur une mer lointaine ?

Ou encore ce couple d'un certain âge qui nous a invités à prendre un verre dans son 24-pieds en bois, à Tobermory. Ils avaient tous deux plus de soixante-dix ans, passaient l'hiver dans un petit deux-pièces de Glasgow et le reste de l'année à naviguer, sans se presser, dans les Hébrides. C'était leur façon à eux de vivre et ils avaient l'intention de continuer ainsi jusqu'à l'épuisement de leurs forces. Quand nous sommes montés à bord, elle s'est excusée de ne pas se lever pour nous saluer. Elle s'était fait mal au dos, quelques jours auparavant, en relevant l'ancre, à l'âge de soixante-douze ans. Naviguent-ils toujours ? Vivent-ils encore ?

Parmi les gens que nous avons rencontrés, il y a aussi eu, à Baltimore, au sud-ouest de l'Irlande, Dermott, Diana et leur fils, qu'ils se contentaient d'appeler *the little one*. Cette famille vivait d'une douzaine de vaches, de quelques petits boulots en hiver et d'une école de voile en été. Ils logeaient dans une maison près du port, avec vue sur la mer, dont ils avaient hérité mais qui ne valait pas très cher. Ils cueillaient des baies, pêchaient, buvaient rarement du vin et mangeaient aussi bien et à aussi peu de frais qu'ils le pouvaient. Dermott nous a raconté qu'ils s'en tiraient parfaitement avec environ quatre-vingt mille couronnes par an et que cela leur laissait le temps qu'il fallait pour vivre mais aussi pour construire un voilier de douze mètres en acier. Dermott et Diana menaient une existence paisible et différente des autres. Ils étaient heureux, fort satisfaits de leur existence et n'auraient pour rien au monde voulu l'échanger avec qui que ce soit. Où sont-ils maintenant ? Ils avaient formé le projet de laisser leur bateau en Galice et au Portugal, pour aller y naviguer pendant l'hiver, et de consacrer les étés à leur école de voile. Dermott était un excellent marin. Le jour où l'effrayante tempête du Fastnet a coulé plusieurs bateaux et noyé leur équipage, il est sorti en mer pour son plaisir.

Dans le port de pêche très escarpé de Cudillero, nous avons rencontré Rolf, un Norvégien ne parlant pas un mot de norvégien mais qui était en revanche un connaisseur en matière de cognac et menait chaque année son petit bateau battant pavillon norvégien de Bordeaux à la côte nord de l'Espagne. Rolf était l'un des sept fils d'un père norvégien qui avait émigré et était devenu négociant en cognac en France. Ce père souhaitait qu'au moins un de ses fils ait la nationalité norvégienne et Rolf s'était porté volontaire, bien qu'étant né et ayant été élevé en France. Comment se sont passées ses navigations ? A-t-il fini par se rendre en Norvège, comme il en avait l'intention, avec son passeport norvégien et sa langue française ?

Qu'est-il advenu de Norman et de Monica, sur le *Charisma,* à qui nous avons tenu compagnie pendant un certain temps, le long de la côte atlantique de l'Espagne ? Tous deux avaient été licenciés et avaient saisi la chance de partir sur un bateau ne se prêtant nullement aux traversées au long cours, un voilier de course à la fois rapide et léger à l'arrière duquel ils avaient arrimé deux bicyclettes. En quittant Villagarcia, ils ne savaient toujours pas ce qu'ils allaient faire dans la vie. Et Peter, sur le *Donclare of Whitby*, peut-être le plus drôle de tous ceux que nous avons rencontrés. Nous avons fait sa connaissance alors qu'il pénétrait dans le Caledonian Canal, avec sa mère à bord, pour se rendre dans les Hébrides extérieures. Il avait fait croire à celle-ci – et nous demandait de lui assurer que c'était vrai – que les Hébrides extérieures étaient situées très près de la frontière russe et qu'il fallait faire très attention à ne pas être capturés par les sous-marins soviétiques. Sont-ils jamais arrivés à Barra ? Je me souviens avec de la peine de Dennis, capitaine et gentleman d'un certain âge, propriétaire du *Saluki.* Nous l'avons invité à descendre dans la petite cabine de notre IF. Il est arrivé avec un blazer à double rangée de boutons et une casquette de capitaine qu'il nous a assuré avoir mise pour nous montrer à quel point il nous respectait d'avoir traversé la mer du Nord sur un aussi petit esquif. Il y avait de quoi être fiers, car Dennis avait navigué sur la moitié du globe, au cours de sa longue vie. Mais, le lendemain, nous avons appris qu'il venait d'avoir un infarctus et qu'il avait été transporté d'urgence à l'hôpital de Glasgow. Nous n'avons jamais su s'il s'en était sorti ni le sort qu'avait connu son beau bateau à coque en bois.

Je pourrais continuer à parler ainsi, brièvement, de beaucoup d'autres – car on ne parvient à conserver dans sa mémoire que quelques détails isolés sur la vie de chacun. Au cours de nos années de navigation, nous avons rencontré des centaines de gens remarquables. Nous ne reverrons sans doute jamais la grande majorité d'entre eux. Mais ces moments très intenses, pleins de sympathie et de chaleur humaine, que nous avons passés en leur compagnie sont un souvenir dont personne ne pourra jamais nous priver. Qu'avions-nous en commun ? Sans doute un rêve, celui de pouvoir naviguer en toute liberté et rencontrer des êtres et une nature rendant absurde la question du sens de la vie.

On croise ainsi beaucoup de monde, quand on part en mer assez loin et assez longtemps. On peut trouver cela étrange. Pourquoi rencontrerait-on plus de gens – et les approcherait-on de plus près – uniquement parce que l'on se rend dans d'autres pays par voie de mer ? L'explication est sans doute assez simple, bien qu'elle soit double. Ceux qui prennent la mer sont en quête de nouveauté, de quelque chose de différent, même en compagnie d'autres humains. Par pur plaisir ou par intérêt, ils prennent donc contact plus facilement et plus spontanément. L'autre aspect de la chose c'est, naturellement, que ceux que l'on rencontre sont souvent aussi ouverts et désireux de contact que vous. Voilà un cercle qui n'a rien de vicieux.

C'est une triste vérité de dire que l'on a beaucoup plus de mal à connaître les marins qui restent dans leur bateau, au poste d'amarrage de leur port d'attache, que celui-ci ait pour nom Limhamn, Dragør, Kinsale, Tréguier ou Villagarcia. On échange quelques mots et politesses et puis c'est tout.

Mais un marin venu de loin à bord de son voilier et qui fait son apparition dans votre port d'attache n'a-t-il pas tout pour être l'une de ces personnes que l'on aime inviter à descendre dans sa cabine immobile ?

La sagesse de la mer

Pourquoi ne demandez-vous pas : qu'est-ce qui se passe en Amérique ? Au Venezuela et en Colombie ? Eh bien parce que, vous comme nous, nous sommes tous, presque sans exception, une racaille végétative et rabâcheuse, trop préoccupée des stupidités personnelles que l'on nous a inspirées pour pouvoir nous souvenir activement que la terre est ronde et que les pays, à sa surface, sont nombreux.

(*Resor utan mål*)

Qu'est-ce qui se passe dans le vaste monde ? Où es-tu allé ? Comment était-ce, dans les parages où tu as navigué ? As-tu rencontré des gens inoubliables ? Qu'as-tu appris, sur toi-même, sur la vie ? As-tu été heureux ? Es-tu parvenu à survivre sans tartines de pain dur [1] au caviar ? Cela valait-il la peine d'aller aussi loin ? Fallait-il vraiment que tu partes à la voile jusque dans les Caraïbes ? Est-ce vraiment mieux qu'une journée de fin d'automne, à l'ancre, dans la partie la plus éloignée de l'archipel du Bohuslän, sans âme qui vive à l'horizon ?

Mais non, on n'entend que rarement ce genre de questions. La curiosité envers ce qui est différent et étranger semble rester bien dissimulée au fond de la plupart de ceux qui ne s'éloignent

1. Il s'agit de ce pain « suédois » qui n'a rien à voir avec une baguette rassie. [N.d.T.]

pas de leur port d'attache. Si l'on veut rencontrer des êtres humains, telle est du moins mon expérience et celle de beaucoup d'autres, il faut les chercher parmi ceux qui sont en route. Et parmi les exceptions, comme toujours.

De la peur, de l'inquiétude et de l'angoisse

C'est lors de notre premier voyage en Ecosse que nous avons rencontré Hugh McNair. Nous avions franchi sans encombre ce qu'on appelle *Neptune's Staircase* – appellation poétique donnée à la dernière série d'écluses sur le Caledonian Canal avant l'Atlantique. Derrière nous, dans le bassin de Corpach, se trouvait un bateau en acier couleur carotte de facture typiquement artisanale et avec un seul marin à bord. Il ne faisait aucun doute à mes yeux, pas plus qu'à ceux de Sten, qu'il était écossais. Avec ses taches de rousseur et ses cheveux d'un blond tirant également sur le roux, il ne lui manquait plus que la cornemuse pour incarner dans toute sa pureté l'Ecossais tel que le monde entier l'imagine.

Sten et moi hésitions à quitter le havre que nous offrait l'écluse. D'un côté, il y avait cette profusion de « moutons » sur le Loch Linnhe, et surtout, l'Océan nous guettait de l'autre côté des portes. Ce n'était pas un mince pas à franchir.

Nous sommes montés à bord du voilier couleur carotte et avons demandé à Hugh, puisque tel était son nom, s'il avait entendu le bulletin météorologique. Ce n'était pas le cas.

— Si on l'écoute trop souvent, nous a-t-il dit, on ne part jamais.

Ces fortes paroles nous ont fait l'effet d'une mise au défi et sans doute étions-nous un peu penauds lorsque nous sommes rentrés à bord du *Moana* après avoir aidé Hugh à franchir l'écluse et lui avoir souhaité bon voyage. Il partait, seul, par un temps assez menaçant, alors que nous étions toujours sur le quai à hésiter sur la conduite à tenir.

Une heure plus tard, nous avons entendu frapper sur le rouf. Nous avons passé la tête par l'ouverture pour voir les taches de rousseur de Hugh et son sourire un rien gêné.

— Ça soufflait quand même un peu trop, a-t-il dit.

Ce soir-là, nous étions tous les trois assis dans la petite cabine du *Moana* en train de boire du whisky et de raconter notre vie, comme on le fait volontiers à bord d'un voilier quand on est en bonne compagnie et désire faire plus ample connaissance. En fait, Hugh se faisait toujours appeler Junior, parce qu'il portait le même prénom que son père. Il nous a raconté qu'il était soudeur de profession, qu'il avait travaillé pendant une année qui lui avait paru une éternité à bord d'une plate-forme pétrolière en mer du Nord et que cela lui avait donné la claustrophobie. Il avait alors consacré l'argent ainsi gagné à construire lui-même son bateau. Il ne désirait plus qu'une chose : aller et venir à sa guise. Pour cela, il avait choisi le bateau, ce qui montre bien quel symbole de liberté peut représenter un voilier. Car on aurait pu croire que Junior aurait été dissuadé de prendre la mer par le spectacle des tempêtes d'hiver au milieu de la mer du Nord.

Il y avait cependant un obstacle majeur à ce désir de liberté dont Hugh était possédé : il savait à peine naviguer.

— Mais, ajoutait-il très sincèrement, si je réussis à aller jusqu'à Glasgow, où j'ai un bon ami, je serai parfaitement satisfait.

Curieusement, Junior se disait plein d'admiration envers nous d'avoir traversé la mer du Nord à bord de notre IF. Il était mieux placé que quiconque pour savoir quel enfer cela peut être, quand les flots sont déchaînés, dans cette partie du monde. Même sur une plate-forme pétrolière on se sent en danger et impuissant.

Et lui donc, qui voguait seul sans savoir naviguer et sans même s'informer de la météo, lui qui s'était élancé sur l'Atlantique sans hésiter, bien qu'il ait ensuite fait demi-tour ?

Junior a commencé par nous demander si nous savions ce qu'était la témérité. Par ailleurs la peur et l'inquiétude ne le gênaient pas.

— *I worry about everything*, s'est-il contenté de dire.

Comme si la question était réglée.

Malgré cette inquiétude permanente, Junior a réussi à traverser le golfe de Gascogne et à rallier Gibraltar. Longtemps après, nous avons reçu une carte postale du Portugal. Junior nous disait qu'il était resté plus longtemps que prévu à Lisbonne à cause d'une fille – en fait jusqu'à l'épuisement de ses ressources financières. Avec ses derniers sous il avait acheté une guitare d'occasion, appris trois mélodies et fait le tour des rues et des places de la ville, avec ses taches de rousseur et ses cheveux rouquins. C'était assez typique de lui. Même s'il s'inquiétait d'à peu près tout en mer, il n'avait peur d'à peu près rien à terre.

La dernière fois que j'ai eu de ses nouvelles il se trouvait à Gibraltar. Il me remerciait brièvement pour l'aide financière que je lui avais fait parvenir. J'avais en effet ratissé les fonds de tiroir du *Rustica* en devises et les lui avais envoyés poste restante à Gibraltar.

— Voilà ce que j'aurais déposé dans ton chapeau, lui disais-je, pour te voir et t'entendre jouer et chanter tes trois mélodies.

Depuis, je n'ai plus jamais entendu parler de lui. Naviguer, c'est triste. On rencontre des gens, on devient amis mais uniquement pour les quitter aussitôt. On s'efforce de garder le contact mais, au fil des ans, il se fait de plus en plus ténu et finit par se briser. Il ne reste plus qu'un souvenir, dans le meilleur des cas un sourire et quelques taches de rousseur sur une photographie et puis plus rien. Il m'attriste de penser qu'il n'est pas possible de conserver ces amitiés fugitives mais intenses qui se nouent au hasard des pérégrinations.

A Tréguier, où j'ai passé un mois seul, j'ai rencontré John et Lilian. Lui était écossais de naissance et elle s'est révélée être une authentique Dalécarlienne – bien que vivant à Edimbourg depuis trente ans. John et Lilian avaient consacré vingt de ces années à faire de la voile dans les eaux écossaises. Parvenus à l'âge de la retraite, ils avaient vendu leur maison, acheté un bateau d'assez belle taille, un Biscay 36 bleu clair, à bord duquel ils avaient élu définitivement domicile.

Lilian a exprimé son admiration pour la traversée que nous avions effectuée à deux, Helle et moi, de la mer du Nord, de la Manche et de la mer d'Irlande. Pour sa part, elle avait peur de naviguer la nuit. Les ténèbres l'effrayaient.

Nous avons parlé de navigation le long de la côte ouest de l'Ecosse, parce que je lui avais naturellement dit que l'Ecosse était mon paradis, malgré le temps qu'il y faisait et le manque de récifs de corail et de palmiers (en fait, ce dernier point n'est pas tout à fait exact car, dans le sud de l'Ecosse, ainsi que dans celui de l'Irlande, il arrive que l'on voie çà et là un palmier). Je leur ai demandé s'ils pouvaient m'indiquer des endroits solitaires, sûrs et spectaculaires, où mouiller. Le visage de John et celui de Lilian se sont alors éclairés d'un sourire et, les yeux brillant de joie, ils m'ont parlé de Loch Tarbert. Ils s'y étaient rendus peu auparavant, en franchissant le détroit qui sépare les îles de Harris et de Lewis, et avaient ensuite longé la côte par un vent de force 7 Beaufort pour trouver le goulet qui permet de pénétrer dans cette baie, la plus belle et la plus solitaire de toute l'Ecosse.

— Entre Harris et Lewis ? Mais c'est sur la côte occidentale des Hébrides extérieures.

Je ne pouvais m'empêcher d'être sceptique. La côte occidentale des Hébrides extérieures est sans doute l'un des endroits les plus exposés au monde : c'est une côte sous le vent qu'une lourde houle océanique vient battre sans cesse. Elle n'offre que très peu de mouillages et aucun port où chercher refuge lorsque les dépressions arrivent de l'Atlantique à toute vitesse. C'est de toute évidence une côte à fuir comme la peste.

— Comment osez-vous aller naviguer dans ces parages, ai-je demandé, si vous n'aimez pas faire route de nuit ?

Ils n'avaient pas vraiment de réponse à me donner et ne pouvaient pas expliquer pourquoi une chose est plus redoutable qu'une autre bien que les deux soient aussi dangereuses. Il ne leur était même pas venu à l'esprit qu'il pouvait y avoir quelque chose d'étrange à cela.

Lorsque Sten et moi sommes arrivés à Thyborøn, après avoir traversé le Limfjord par un soleil radieux et vent arrière, Sten était impatient d'aborder la mer du Nord et de mettre le cap sur l'Ecosse. Le matin suivant, il soufflait un fort vent d'ouest qui martelait le rivage et les brise-lames de Thyborøn. Le chenal était affreusement agité et paraissait encore pire lorsqu'on le contemplait depuis la jetée de béton du port de pêche.

La fièvre de se lancer sur la mer du Nord qui possédait Sten n'a pas tardé à faiblir. Son désir de partir et le mien se sont ensuite mués en hésitation lorsque nous avons vu un voilier battant pavillon allemand s'aventurer dans les déferlantes, sur la barre du chenal. Ce bateau se tordait littéralement de douleur, il roulait et tanguait tellement que l'eau balayait le pont. A deux reprises, il embarqua même des brisants par l'arrière.

Peu après, il pénétra dans le bassin où nous nous trouvions et accosta derrière nous. Une femme était assise dans le cockpit, incapable de bouger, tandis que deux hommes amarraient lentement le bateau d'une main qui tremblait. Une fois qu'il fut solidement assujetti, la femme se mit à pleurer et les deux hommes s'assirent, les yeux dans le vague. Ils avaient frôlé l'abîme de si près qu'ils n'étaient même pas en état de se réjouir du soulagement qu'ils éprouvaient d'être au port.

Sten et moi sommes restés cinq jours à Thyborøn tandis que la mer continuait à marteler la côte et que le vent hurlait dans le gréement de notre bateau. Nous avons passé pas mal de temps au foyer du marin, rempli de pêcheurs bloqués au port. Seuls les gros chalutiers osaient affronter les vagues et le vent, en quête d'un poisson dont il ne pouvaient se passer s'ils voulaient être en mesure de rembourser leurs emprunts.

J'ai interrogé certains de ces pêcheurs sur la peur et l'inquiétude ; je leur ai demandé quand ils trouvaient la mer trop mauvaise et menaçante pour oser sortir et à quel moment ils faisaient demi-tour pour se mettre à l'abri. Les réponses variaient mais tous étaient d'accord pour dire qu'il était trop risqué de tenter d'affronter un fort coup de vent d'hiver en mer du Nord.

J'ai lu d'innombrables récits de marins de l'époque des pêcheurs d'Islande et des terre-neuvas partant de Paimpol et de Saint-Malo. A cette époque, un marin sur cinq était victime d'un accident, au cours d'une saison normale de six mois. Encore était-ce en été.

Rien ne peut être plus faux que de croire que les pêcheurs et ceux qui font métier de la mer ignorent la peur. Mais, à la différence de la plupart des amateurs que nous sommes, ils ont plus nettement conscience de leurs limites. Ils savent quand ils ne sont plus capables de s'en tirer seuls et quand ils ont besoin de l'aide de la chance, du hasard ou de ce que certains appellent la Providence, pour rentrer au port. Ce n'est pas pour rien que, dans la plupart des pays d'Europe, les pêcheurs constituent des communautés très croyantes. Ou, dans un autre ordre d'idées, qu'ils ont volontiers recours à la bouteille pour fêter leur retour sains et saufs ou pour oublier ceux qui ne sont pas revenus.

Il existe certainement des plaisanciers insouciants qui n'ont pas assez de bon sens pour s'inquiéter lorsqu'ils voient à l'horizon un nuage sombre, d'un bleu d'acier, ou lorsqu'ils entendent un avis de coup de vent à la radio, au milieu d'une mer déserte. Mais j'ose affirmer que la plupart d'entre eux sont des ignorants dépourvus d'imagination. Car ne pas ressentir de peur ou d'inquiétude devant la furie de la mer ne peut être le fait de rien d'autre.

Comment dépasser ses limites, pour éviter que l'angoisse ne gâche ce que l'on est en train de vivre et la joie qu'on y prend ? Comment cesser d'avoir peur de naviguer de nuit ? Comment se libérer de l'idée fixe que la mer du Nord fourmille de conteneurs perdus flottant à sa surface ? En se référant à la probabilité ? Tous ceux qui ont peur en avion seront certainement d'accord : savoir que c'est le moyen de transport le plus sûr au monde – plus sûr que la bicyclette elle-même – n'a guère d'importance. Et en effet, des conteneurs flottent sur la mer du Nord et sur bien d'autres eaux. Le fait est qu'ils sont difficiles à détecter, et pas seulement de nuit, car ils sont à peine visibles à la surface. Un voilier en polyester qui percute un tel conteneur déchire sa coque. Suffit-il de négliger cela et de ne faire semblant de rien ? La peur serait-elle une affaire de volonté ?

En d'autres termes, comment fait-on pour être heureux lorsque, pour la première fois de sa vie, on se trouve face à un vent de force 8, dans un petit bateau, en pleine mer ? Comment fait-on pour se débarrasser de sa peur ?

Je n'ai pas de recette. Mais je suis convaincu qu'il n'est pas nécessaire d'avoir de l'expérience, de naviguer continuellement.

Le Vendée Globe – le tour du monde en solitaire – est sans doute l'une des compétitions sportives les plus dures qui soient. Trois mois à passer seul sur certaines des eaux les plus dangereuses, *the roaring forties* et *the howling fifties*. Trois mois *seul* à des vitesses voisines de vingt nœuds, dont la moitié du temps au milieu de vagues de plus de dix mètres, par des températures qui peuvent descendre en dessous de zéro et avec le risque de rencontrer des icebergs, de jour comme de nuit. L'édition 1997 a été l'une des plus dures de toutes. Trois bateaux ont sombré et un navigateur a disparu à jamais. « Il n'y a pas de mots pour dire le poids de cette solitude », a confié Christophe Auguin. « Dans un quartier d'isolement en prison, il y a toujours la présence d'un gardien derrière la porte. Au milieu des mers du Sud, à des milliers de kilomètres de toute vie humaine, il n'y a aucune odeur, aucun de ces bruits familiers, aucun signe qui puisse témoigner que l'on n'est pas seul au monde[1]. »

On pourrait penser que ces navigateurs solitaires sont des écervelés téméraires, des aventuriers ignorants, des pères de famille sans scrupules qui s'exposent à un réel danger de mort alors qu'ils ont femme et enfants à terre, que ce sont des fils et des filles – car des femmes participent à cette course – qui obligent leurs parents à vivre dans l'incertitude et dans l'angoisse pendant un certain nombre de mois chaque année, et qu'être capable de faire le tour du monde à la voile plus vite que les autres ne prouve absolument rien. On peut estimer qu'il serait préférable de risquer sa vie – s'il faut vraiment la risquer – pour quelque chose qui serve l'humanité.

Pour ma part, je préfère admirer et me laisser fasciner par des êtres qui refusent de croire que le temps de l'aventure est révolu, qui testent leurs limites en n'exposant nul autre qu'eux au risque

1. Cette citation et la suivante sont extraites du *Monde* du 17 janvier 1997. [N.d.T.]

de perdre leur seule vie. Je préfère tenter de comprendre les expériences, les sentiments incomparables qu'évoquent les navigateurs solitaires quand ils reviennent. « Je veux aller au bout de mon rêve », dit Catherine Chabaud, « et témoigner de cette exceptionnelle aventure. »

Ces femmes et ces hommes, ces héros de la voile avides d'aventure, éprouvent une peur qui est au moins aussi forte que celle que nous ressentons quand nous naviguons pendant les vacances. Seules leurs limites sont différentes. On pourrait croire qu'ils s'habituent. Mais non. Loïc Peyron a déclaré à l'arrivée d'une course :

« Il m'arrive de me demander ce que je suis allé faire en mer. Le pire est que l'angoisse ne fait que croître avec les ans. Mais l'expérience est une arme dont il serait dommage de ne pas se servir. En fait, l'idéal, pour un marin, serait d'être un parfait imbécile. »

Les Canons de Navarone, d'Alister MacLean, est sûrement un des romans les plus passionnants qui soient. L'un des personnages principaux est un jeune homme du nom de Stephens. Devenu alpiniste pour être à la hauteur de ce que ses parents et le monde attendent de lui en fait de courage et d'endurance, il figura parmi les meilleurs de son époque. Mais il ne parvint jamais à se débarrasser de son angoisse. La peur de mourir au cours d'une escalade fut ainsi ce qui obligea Stephens à mettre en œuvre les capacités nécessaires à sa survie. Mais aux dépens de la joie et du plaisir. La peur, l'inquiétude, l'effroi, l'angoisse et la crainte l'emportaient en lui sur tout le reste. Ce n'est que lorsqu'il fut grièvement blessé sur les falaises de Navarone et qu'il comprit qu'il allait mourir que disparurent cette peur et les autres sentiments qui avaient fait de sa vie un enfer.

Il semble qu'il puisse également en aller ainsi dans la réalité. La peur de mourir peut être pire que la certitude du trépas. Cela, nous le savons tous, même si nous aimons bien ne faire semblant de rien.

On a un jour demandé à Serge Gainsbourg comment il voudrait mourir. Sa réponse a été digne de lui : « Moi ? Je veux mourir vivant. »

Il n'y a pas si longtemps je parlais avec un vieux marin qui me racontait une affreuse tempête à bord d'un petit navire de commerce, dans le golfe de Gascogne. Il avait mis une semaine et demie pour aller de Bordeaux à Cork, traversée qui s'effectue normalement en deux à trois jours. Au cours de cette même tempête proche de l'ouragan, plusieurs autres navires de plus fort tonnage avaient sombré. J'ai demandé à ce marin s'il avait eu peur.

— Non, m'a-t-il dit, pas moi. Mais le second a failli devenir fou.

Pourquoi l'un et pas l'autre ? Pour le marin, cette tempête a été une expérience unique et grandiose, pour le second cela a été un enfer. Pourquoi ? D'où viennent le courage et l'absence de peur ? D'où vient la peur de mourir ? J'aimerais le savoir.

En juillet 1996, *Le Monde* a interviewé François Mic, sauveteur breton qui, au cours de sa longue existence, avait sauvé la vie de quarante-trois personnes en mer. Mais il n'avait pas réussi à porter secours à quelques autres, qu'il avait vues mourir devant ses yeux. Cela empoisonnait ses vieux jours et lui donnait des cauchemars. François Mic est fort peu sensible à la poésie et au romantisme de la mer.

« La mer, dit-il, attend son heure, elle guette, comme un crocodile ; et elle avale. Elle ne pardonne rien à l'homme. Elle n'aime pas. Elle est mauvaise... Dieu qu'elle est mauvaise ! »

Et il ajoute :

« Comment aimer la mer si l'on est réaliste ? Pourquoi la mythifier et décrire comme un rêve magnifique les traversées transatlantiques en solitaire qui sont dangereuses, coûteuses et inutiles ? [...] Défier la mer, ils disent ! Juste pour la gloire et les frissons ! Moi, quand je la défie, c'est pour lui arracher une vie [1]. »

François Mic n'est pas seul de son espèce. Dans le monde entier il existe des hommes comme lui, défiant la mer de leur plein gré et sans être payés pour sauver la vie de marins et de plaisanciers imprudents, malchanceux ou écervelés. Ce sont des gens qui savent comment se comporter face à la peur ; ils sont animés d'un courage véritable et s'en servent pour sauver l'unique existence qui nous est donnée, alors que d'autres traitent cette même existence comme un article de consommation.

Je suppose que partout dans le monde les forces armées ont dépensé des sommes considérables – surtout en dollars – pour percer les secrets les plus intimes de la peur et les maîtriser. Tout comme on l'a fait pour le mal de mer, sans parvenir à trouver un remède efficace. Je suppose que les compagnies aériennes ont investi des montants non négligeables pour vaincre la peur que peuvent éprouver les candidats au voyage en

1. *Le Monde*, 19 juillet 1996. [N.d.T.]

avion. Sans doute consacre-t-on beaucoup d'argent, également, pour tenter d'empêcher les gens de devenir fous ou de se suicider par angoisse de l'avenir.

Les résultats sont maigres, à vrai dire. Ni la science ni le capital ne semblent en mesure de venir à bout de la peur et de l'angoisse inhérentes à l'être humain. Pourquoi ? A mes yeux, il n'y a qu'une seule réponse à cela : parce que les hommes savent au fond d'eux-mêmes, plus ou moins consciemment, de façon plus ou moins dissimulée ou plus ou moins refoulée, qu'ils ne disposent que d'une seule existence, que tout s'arrête là et que, s'ils meurent, ils n'auront pas de seconde chance.

Ceux qui ont la foi et croient à une vie dans l'au-delà, que ce soit au paradis ou sous une autre forme, ne seront naturellement pas d'accord avec moi. Je leur en reconnais bien volontiers le droit. En effet, ce n'est pas toujours facile de vivre avec cette certitude que l'on n'a qu'une vie et que c'est au cours de celle-ci que l'on doit faire ce que l'on a à faire.

Ma question à celui qui croit à une vie dans l'au-delà sera cependant celle-ci : Pourquoi est-ce un péché de mettre fin à ses jours ?

Celui qui croit vraiment à une existence dans l'au-delà ne sera tenté d'abréger ces jours ici-bas qu'en vertu de cette seule certitude, sinon ?

Il est étrange que, ni dans *Resor utan mål* ni dans *Kap Farväl!*, Martinson ne dise qu'il a eu peur, qu'il a été inquiet ou angoissé au cours de ses voyages. Même lorsqu'un cyclone manque de peu d'envoyer par le fond le cargo *Ionopolis*, Martinson ne souffle mot d'une quelconque crainte. Il est vrai que *« l'équipage tout entier est soudé par une volonté mêlée de peur : sauver le navire et se sauver lui-même ».* Mais on dirait pourtant qu'il reste extérieur à tout cela. Parfois, il peut être utile de se demander ce que *n'est pas* tel ou tel homme. Harry Martinson n'est *pas* sentimental, du moins pas en tant qu'écrivain et auteur de récits de voyages. Lorsque le *Ionopolis* perd son chargement, tombé à la mer, il constate :

Ceux qui se sont noyés au cours de la nuit : le matelot Criss Kalliosso, de Leucosie. L'officier mécanicien Aros Cyperin, de Paikopolis et le pilotin belge Peter Jan Vrievelde, d'Adinkerk.

C'est tout. Ensuite, il continue à fantasmer à propos de la femme du capitaine. Comme ce vieux marin sur le golfe de Gascogne, Harry Martinson conserve un calme imperturbable au milieu de la tempête.

Je n'ai pas lu tout ce qu'il a écrit avec autant d'attention que ses récits de voyages, mais je crois pouvoir dire qu'il n'est décidément pas l'écrivain de l'angoisse et de la mort.

Oserais-je proposer une explication ?

Pour celui qui est orphelin, la mort a perdu une bonne partie de sa réalité.

Et, pour finir, je voudrais dire ceci : un jour, j'aimerais aller trouver les enfants, petits-enfants, neveux et nièces de ces trois marins disparus, s'ils existent. J'aimerais leur dire que leurs noms sont cités dans un livre magnifique dû à un prix Nobel de littérature et intitulé *Kap Farväl !* J'aimerais leur dire qu'il me paraît difficile de jouir d'une meilleure renommée posthume que celle-là.

| *De l'aube*

Il est quatre heures du matin. Je viens de prendre le quart et j'attends la première apparition fugitive de l'aube, de la première lueur que l'on devine et que l'on ne voit pas. Il n'existe pas d'œil humain capable de déterminer à quel moment la nuit se change en aube. Très souvent on n'a pas, curieusement, le sentiment que celle-ci approche. Ce qui semble se passer, c'est que la nuit se dissout lentement et disparaît. Certes, on attend intensément la première touche de gris dans le ciel, mais c'est avec déception que l'on voit seulement pâlir l'éclat des phares et bouées.

L'obscurité de la nuit est puissante et sans ambiguïté. Une fois l'habitude prise, elle procure une impression de sécurité. En présence de l'aube, j'éprouve de l'inquiétude et un certain manque d'assurance. La nuit, on se sent comme enveloppé dans un cocon : aucun amas de nuages de mauvais augure ne peut venir vous inquiéter.

Ce matin-là, l'aube ne semble pas vouloir prendre fin. La première bande d'un gris de fer ne fait qu'épaissir et élargir jusqu'à communiquer au ciel tout entier cette teinte uniforme. Il y a de la pluie dans l'air. La visibilité est d'un mille, environ, mais comment évaluer les distances, en fait, lorsqu'on ne voit que du gris et qu'on n'est même pas sûr de voir quelque chose.

Rien n'incite à penser que le temps va s'aggraver. Les voiles ruissellent d'humidité et gonflent sous une brise de suroît, la mer est à peine formée. Là-bas, derrière la brume, à une dizaine de milles sous le vent, se trouve Ameland, l'une des îles de la Frise occidentale.

Pas un seul navire en vue, pas un seul oiseau de mer. La mer est déserte. Janne Robertsson et moi rentrons à bord du *Moana*, un IF 26. Nous avons quitté le port de Den Helder et mis le cap sur Cuxhaven, à l'embouchure de l'Elbe. Nous sommes sur le chemin du retour. Il nous reste cent quarante milles à parcourir.

C'est un matin parfaitement banal dans la partie méridionale de la mer du Nord.

Une autre aube. Nous espérons que ce sera la dernière dans le golfe de Gascogne. Helle, le *Rustica* et moi venons de Belle-Ile, qui mérite bien son nom, et sommes en route pour Gijón, dans les Asturies, au milieu de la côte nord de l'Espagne. Je prends le relais à minuit, alors qu'il fait noir comme dans un four. Il nous reste quatre-vingts milles à parcourir. Une brise légère mais incertaine gonfle les voiles. Nous avançons à la vitesse de quatre nœuds et j'ai mis le pilote automatique. Le calme règne et tout va bien à bord.

Nous continuons ainsi notre route pendant deux heures. Je passe le plus clair de mon temps assis dans le cockpit, à somnoler. De temps en temps, j'allume la torche pour jeter un coup d'œil sur le compas, je me lève pour scruter l'obscurité et voir si, contre toute attente, les lumières d'un navire n'apparaîtraient pas à l'horizon invisible. A intervalles réguliers, je descends dans le salon, me verse une goutte de café et roule une cigarette avant de remonter dans le cockpit. Je m'assieds à la table de navigation, détermine notre position à l'aide du navigateur par satellite et la porte sur la carte. Je l'ai fait pour la dernière fois il y a trois heures. Sur une carte à aussi grande échelle que celle du golfe de Gascogne, il ne sert à rien de porter sa position toutes les heures.

En d'autres termes, un quart de nuit peut, dans des circonstances favorables, se dérouler sans incident. C'est une forme assez agréable d'existence, seulement perturbée par la fatigue accumulée et, malgré tout, une vigilance somnolante. Une légère source d'inquiétude subsiste néanmoins au fond de ma conscience : au sud-est, loin au-dessous de l'horizon, j'aperçois de temps en temps le reflet d'éclairs qui se déchargent dans un ciel lourd. C'est une ceinture orageuse qui se dirige vers la Scandinavie, après avoir traversé la France. Mais, si les météorologues ont bien fait leur travail, elle ne devrait pas nous affecter.

Au milieu de ce calme apparent, le vent tombe tout à coup. Ce n'est pas une façon de parler : brusquement, il cesse de souffler. A un moment il y avait du vent, le suivant c'est le calme plat. La grand-voile se met à claquer lorsque la bôme commence à osciller au gré de la houle. J'entrevois le foc qui pend, inerte, à l'avant. Je me dépêche de border l'écoute de grand-voile, pour mettre un terme à ces claquements. L'effet est hélas limité. La seule façon de faire taire une voile qui claque, lorsqu'il y a de la houle, c'est de l'amener ou de mettre le moteur en marche, afin que la vitesse la gonfle.

Je patiente une demi-heure sans que survienne le moindre souffle de vent. J'enlève le pilote automatique du gouvernail, car le compas s'affole, à l'intérieur. Pour finir, l'étrave pointe vers la France, au lieu de l'Espagne. Je décide de mettre le moteur en marche. D'abord, j'amène le foc et le saisis sur la filière. Puis je descends dans le salon et ouvre les vannes d'eau froide et du tuyau d'évacuation des gaz, dans le coffre du cockpit. Enfin, j'actionne le bouton de démarrage et mets les gaz. Le vacarme du moteur fracasse le silence. Je passe la tête par l'entrée pour avertir Helle de ce que je suis en train de faire, car je l'ai forcément réveillée. Je ramène le *Rustica* sur la bonne route et indique le cap au pilote automatique pour qu'il nous dirige droit vers le but. Je ne suis pas très satisfait du bruit du moteur, perpétuelle source d'inquiétude. Je donne quelques tours au presse-étoupe sans noter de changement. Il faudrait sans doute remettre de l'huile, mais cela devra attendre un moment.

Ce moment n'arrivera pas. Au bout d'une demi-heure, le vent revient, aussi brusquement qu'il a disparu, mais d'un autre côté. Lorsque le vent cesse, on a toujours l'impression qu'on pénètre dans une zone de calme plat. Quand il revient, on pense toujours qu'il vous rattrape ou vient à votre rencontre. Du moins dans la journée. La nuit, du fait qu'on ne peut voir la trace du vent sur l'eau, on ne sait rien et ne croit rien. Tout d'un coup, le vent a disparu. Tout d'un coup, il est revenu.

Cela s'anime de nouveau, à bord. Je vais détacher le foc, retourne dans le cockpit et borde l'écoute. Je coupe le moteur, avec un soupir de soulagement cette fois. Je ferme les vannes, choque la grand-voile et m'efforce de lui donner l'angle qu'il faut par rapport à la nouvelle direction du vent. Même chose pour le foc. Puis je remets le pilote automatique en marche, avant de m'installer à la table de navigation, relever notre position et inscrire les événements de cette dernière heure dans le livre de bord. Une fois ceci effectué, je roule une nouvelle cigarette, me verse une demi-tasse de café tiède et m'installe confortablement dans le cockpit, après avoir balayé l'horizon à la jumelle sans y découvrir le moindre rayon de lumière. Helle se réveille alors et se prépare à prendre le relais.

Il ne s'est rien passé de dramatique, pendant cette nuit dans le golfe de Gascogne, et pourtant assez pour occuper un quart de nuit.

Tandis que je suis assis là, avec mon café et ma cigarette, je constate soudain que j'y vois. L'aube est donc déjà venue à bout de l'obscurité. Pourtant, tout ce que je distingue, ce sont des masses gris-noir qui se soulèvent et retombent, la houle omniprésente sur l'océan. Je me demande, sans angoisse particulière mais avec une certaine curiosité, ce que la lumière du matin va révéler. Mais il me faudra encore attendre un bon moment, car cette mer que j'espérais voir est noyée dans une brume laiteuse. L'aube n'a rien révélé d'autre que du brouillard. Pas même des rides à la surface de l'eau car, malgré la légère brise qui gonfle les voiles, la houle est parfaitement lisse.

Puis le vent se lève et disperse la brume. La houle forcit et nous fonçons en direction de l'Espagne. Vers neuf heures, nous apercevons Gijón, au loin, et un énorme tanker à l'ancre, au large, qui ne profite pas le moins du mondc de l'abri de la côte. Après quelques dernières péripéties, nous accostons dans la luxueuse marina à moitié déserte de Gijón, financée par l'Union Européenne. Nous sommes heureux comme des gosses d'avoir le golfe de Gascogne derrière nous. La suite est une autre histoire.

Il est quatre heures et demie du matin. Nous sommes quelque part au large de la côte de la Hollande, cap au sud-ouest, à destination de Saint-Malo. Janne dort d'un sommeil lourd. Il fait un temps désagréable, froid et humide. Aux premiers rayons gris de l'aube, il se met à tomber une petite pluie fine. La visibilité est au plus d'un mille, sans doute moins. Le café est à peine tiède, après être resté dans la Thermos depuis la veille au soir. Les cigarettes sont difficiles à rouler et n'ont guère de goût. Comme il serait bon d'être à quai, me dis-je non sans un certain apitoiement sur moi-même, et de pouvoir dormir son soûl.

La mer est déserte. On dirait qu'il n'existe aucun autre être humain que moi, à la barre, et Janne, sur sa couchette. Et il me semble fort éloigné de moi, en ce moment.

Mais, soudain, je sens que nous ne sommes plus seuls et je ne tarde pas à entendre le halètement sourd d'un navire à moteur. Je scrute la pluie fine et drue pour tenter de voir d'où il vient. Au bout de quelques minutes, j'aperçois une masse gris-noir du côté au vent et bientôt je distingue les contours d'un ferry-boat qui semble filer droit sur le *Moana*, à pleine vitesse. Je n'ai pas le temps de m'inquiéter avant de voir le ferry virer. Tout semble indiquer que c'est à cause de nous car, après être passé à environ un demi-mille derrière le voilier, il vire à nouveau pour reprendre le cap précédent. Je fais un signe de la main pour montrer que j'apprécie cette courtoisie. Le capitaine ou l'officier de quart m'a-t-il vu ? Je n'en ai aucune idée. Puis le ferry disparaît dans la brume. Bientôt, c'est comme s'il n'avait jamais existé et nous nous retrouvons aussi seuls qu'auparavant.

Peut-être est-ce de cela que je me souviens le mieux, à propos des aubes que j'ai connues en mer : la solitude, le sentiment d'être abandonné et qu'il n'existe pas d'autre monde que celui qui se trouve de ce côté-ci de l'horizon.

Le soleil se dégage de l'aube tel une rose d'or enflammée posée sur le buisson du nuage matinal, dit Harry Martinson dans *Kap Farväl !*

Et il en est bien ainsi.

C'est le soleil qui se dégage de l'aube et non l'inverse.

L'aube se dégage de l'obscurité, telle une silhouette fantomatique et passagère qui disparaît ensuite dans la lumière du jour, comme si elle n'avait jamais existé, tel le sillage d'un navire.

De la fatigue, du soulagement et de la joie

Je ne savais pas ce que c'était que la fatigue avant de connaître la mer du Nord. Nous ne sommes que deux à bord et avons donc décidé de prendre des quarts de trois heures, qui sont très pénibles. Nous quittons Zeebrugge tôt le matin. La première nuit, nous la passons à dériver au fil du courant, voiles pendantes, entre Douvres et Calais. Nous nous sentons impuissants, avec notre moteur hors-bord de quatre misérables chevaux. Le pouls de l'eau ne cesse de battre, sous cette surface mate et lisse, une houle la fait monter et descendre en grandes plaques. Devant nous se trouve ce qui semble être une rangée infranchissables de cargos au mouillage. Nous évoquons l'idée de gagner *The Straits of Dover* pour ne pas venir buter contre ce mur lumineux. Mais la barre n'obéit pas. La surface majestueuse et bouillonnante de la mer, qui ressemble à une huile lourde, nous inquiète légèrement et nous rend fébriles. Nous ne pouvons ni ne voulons dormir, l'un comme l'autre. Le moteur devra tourner pendant deux heures simplement pour que l'étrave pointe dans la bonne direction. Cela calme.

Le matin venu, l'eau est comme à l'accoutumée et nous constatons que les câbliers qui mouillent au large du cap Gris-Nez laissent entre eux de larges intervalles, suffisants pour que des voiliers comme le *Moana* puissent passer. Partout, dans le sud de la mer du Nord, il y a des navires à l'ancre qui semblent alignés et reliés par leurs feux de mouillage et par les feux de pont. On craint de se prendre dans de lourdes chaînes d'ancre, si l'on tente de forcer cette barrière lumineuse.

Mais on finit par apprendre. Au large du cap Gris-Nez, nous comprenons par quoi pèche notre vision nocturne : elle ne fait pas intervenir la troisième dimension. La lumière nous parvient avec une puissance variable en fonction de sa source – comme celle des étoiles dans le ciel – et il n'y a aucun moyen d'être sûr que la plus puissante est la plus proche. Il en va de même à la mer : toutes les lumières semblent être à la même distance. Alors que ce n'est pas le cas. A moins que ce ne le soit, au contraire. Mais il n'est pas possible de le savoir à l'œil nu, ni même à la jumelle.

La nuit suivante, c'est à nouveau le calme plat. Le claquement de l'écoute de grand-voile et le cliquetis des poulies me tiennent éveillé. Je sais pourtant qu'il faut que je dorme.

La troisième nuit tombe lourdement, dans une brume vespérale assez étouffante, au large du Havre, sans que j'aie pu me reposer. Nous avons mis le cap sur Barfleur, à vingt milles à l'est de Cherbourg. Janne me réveille à trois heures du matin, alors que je viens à peine de m'endormir. Il me dit qu'il a dû m'appeler cinq fois avant que je daigne laisser ses mots percer les brumes de ma conscience et lui répondre.

Je prends la barre. La première heure se passe sans trop de difficultés mais ensuite une lassitude sans fond s'empare de moi. Elle est du genre qui vous fend en deux ; d'un côté, un corps dépourvu de volonté et de l'autre une conscience qui n'a qu'un seul dessein : rester consciente. A certains moments, des phosphènes m'empêchent de voir l'aiguille du compas, bien que je sache parfaitement que je la regarde fixement. Je finis par me lever et tenir la barre debout, pour ne pas m'endormir. Je demeure dans cette position pendant le restant de mon quart. A plusieurs reprises, je suis tenté de réveiller Janne. Mais me décharger sur lui de ma lassitude serait la dernière chose à faire.

Puis vient le matin. Le phare de Barfleur se trouve à 10/11 heures. Dans la brume de la nuit, je n'ai même pas aperçu son puissant cône de lumière qui, d'après la carte, a une portée de vingt milles. Mais à quoi bon, maintenant ? Nous savons exactement où nous nous trouvons, sur les eaux de notre mère la Terre. Nous connaissons notre position à cent cinquante mètres près.

Je réveille enfin Janne. Il regarde le phare d'un air satisfait et je devine la gratitude qu'il éprouve : j'ai fait mon devoir et l'ai mené à bon port. Dans ces eaux aux courants violents, le compas et le loch ne servent pas à grand-chose. Je lui confie ma fatigue. Mais il sait très précisément de quoi je parle et il n'est pas besoin d'insister.

Nous pénétrons dans l'immense port de Cherbourg. La rade est si vaste que, dans la brume de chaleur, nous sommes obligés de porter notre cap sur la carte afin de ne pas manquer l'entrée du port intérieur. Nous accostons à la voile, ce qui n'est pas bien difficile avec un IF comme le nôtre. Pourtant, c'est une satisfaction particulière que de manœuvrer au port à la seule force du vent, après trois cents milles et trois nuits à bord. Ce n'est que lorsque les amarres sont à poste et les voiles amenées que la fatigue revient. Elle emporte tout, y compris la joie d'être si près du but. Il ne me reste plus qu'une centaine de milles pour parvenir à Saint-Malo où, depuis le jour où j'y suis venu pour la première fois, dix ans auparavant, j'ai rêvé d'arriver à bord de mon propre bateau.

J'éprouve la même fatigue l'année suivante, alors que je suis assis dans un restaurant, à Fraserburgh, sur la côte est de l'Ecosse. Je viens de manger et de boire une pinte de bière. Sten, mon ami et homme d'équipage de Kalvehave, dans le Jutland du Sud, et moi jouissons depuis deux heures de la satisfaction d'avoir traversé la mer du Nord sans encombre en l'espace de trois jours et demi.

Nous avons quitté Thyborøn sous un soleil vivifiant pour affronter une houle du nord-ouest désordonnée et désagréable, les restes d'un violent coup de vent qui avait martelé la côte ouest du Jutland pendant deux jours. Vers deux heures, j'ai fait à manger. Le plat n'était peut-être pas très appétissant, mais il était mangeable : du *Skipperlapskovs*, un des plats préférés de Sten, qui n'en a pourtant avalé que quelques bouchées avant de poser sa fourchette.

Le lendemain à l'aube, il n'y a plus de doute : il a le mal de mer. Durant les trois jours et demi qui suivront, il ne mangera qu'une tranche de pain sec. Le matin du deuxième jour, il a l'air d'un mort-vivant. Je pense à ce qu'a dit Ian Nicholson à propos du mal de mer et de ses deux stades : le premier, au cours duquel on pense qu'on va mourir, n'est rien à côté du second, au cours duquel on comprend qu'on ne va pas mourir. Mais ce genre de propos n'a rien de drôle, en ce moment. D'ailleurs, Nicholson était sérieux : il avait toujours le mal de mer, même s'il naviguait sans cesse.

Il faut au plus trois minutes à Sten pour se lever de sa couchette, enfiler son ciré, passer son gilet de sauvetage et s'attacher, avant de prendre la barre. A le voir lutter ainsi avec lui-même et avec la barre, je me demande sérieusement si nous ne devrions pas faire demi-tour. Nous avons pris deux ris dans la grand-voile et marchons au près au milieu de vagues qui se dressent devant nous telles de gigantesques parois vert-de-grisées. Pourtant, le soleil brille, le *Moana* file parfaitement et il serait presque aussi long de regagner Skagen que d'aller jusqu'en Ecosse.

Nous continuons. Sten fait un effort sur lui-même, ce qui lui permet d'en savoir un peu plus long sur son propre compte. Deux mois plus tard, sur le chemin du retour, je l'entendrai soudain dire à mi-voix, alors qu'il tenait la barre et croyait que je dormais :

– Il faut vraiment être masochiste, bon sang, pour aimer ce genre de truc.

Il a peut-être raison. Mais le plus étrange, c'est qu'on « aime ça », malgré tout, d'une certaine façon. A moins qu'on ne commence à s'aimer soi-même, quand on découvre qu'on est capable de supporter plus de choses qu'on ne l'aurait cru. Un jour plus tard, alors qu'il nous restait deux cents milles avant de retrouver les eaux familières de Skagen, Sten me dira :

— Si je suis capable de tenir jusqu'au bout de ça, je devrais être capable d'arrêter de fumer.

Et c'est ce qu'il a fait : il a arrêté de fumer au beau milieu de la mer du Nord.

Mais il n'en est pas encore là pendant cette dernière nuit. Le vent mollit, après avoir soufflé violemment pendant deux nuits. Le bateau roule sévèrement, dans une houle résiduelle. Sten sait que je suis fatigué, après avoir dû prélever sur mes trois heures de sommeil pour calculer notre route, manger, prendre des ris et lui apporter mon aide. Il tient l'écoute de grand-voile, contre toutes les règles, pour tenter d'empêcher la poulie de claquer contre la barre d'écoute avec un bruit qui ressemble à des coups de pistolet. Je me réveille pourtant à plusieurs reprises.

Et puis, alors que je suis profondément endormi, Sten me réveille pour de bon. Je ne lui demande même pas ce qu'il veut, je me lève machinalement et vais voir de quoi il s'agit. En plein sur notre route, à bâbord, je vois les centaines de points lumineux de ce qui doit être une plate-forme pétrolière. C'est curieux, me dis-je à moitié hébété de sommeil, car à cet endroit, à cent milles à l'est de Rattray Head, la mer devrait être déserte.

— C'est sûrement à cause du courant, dit Sten. Je me suis efforcé de passer au large, mais elle ne cesse de se rapprocher.

Curieux, me dis-je à nouveau. Ici, normalement, le courant est négligeable. C'est Sten lui-même qui prononce alors les mots qu'il faut.

— C'est peut-être elle qui se déplace et pas nous.

Je saisis les jumelles et en effet : c'est une plate-forme qui se dirige vers nous, à plus de dix nœuds, tirée par un remorqueur qui est aussi grand qu'un ferry-boat. Un demi-mille plus loin, ce remorqueur et sa plate-forme haute de onze étages croisent notre route. Le soulagement est grand.

Mêmes tension et soulagement l'année précédente. Nous longeons la côte hollandaise, en route pour Zeebrugge. C'est moi qui suis de quart et je vois un exemplaire de plus de ces « sapins de Noël » éclairés qui n'est pas porté sur la carte. Je me dis que c'est une plate-forme de forage que l'on vient de mettre en place et préviens Janne de ne pas trop en approcher, quand viendra son tour de prendre le quart.

Une heure plus tard, il me réveille en me demandant de lui passer la lampe et gardant les yeux fixés sur l'obscurité. Il la saisit et braque son cône de lumière vers l'étrave. Droit devant nous, à peut-être trente mètres de distance, se trouve un de ces énormes blocs de béton non éclairés auxquels viennent s'amarrer les navires qui ravitaillent la plate-forme. Janne vire et me rend la lampe. Je vois qu'il est encore sous le choc. Il ne pourra pas dormir, cette nuit-là. Le danger a été trop grand pour laisser la place au soulagement une fois qu'il a été découvert et évité.

C'est d'ailleurs le second incident de cette croisière le long de la côte sud de la mer du Nord. Quelques jours plus tôt, alors que j'étais également de quart, je m'étais assuré de la position des innombrables navires passant en sens inverse, à un mille sur tribord, dans ce chenal tracé et balisé à l'intention des colosses de métal de ce genre, à fort tirant d'eau. Il ne fallait surtout pas dévier de notre cap et nous laisser entraîner vers le milieu du chenal.

Dix minutes plus tard, en jetant un coup d'œil sous le génois, je vois à mon grand effroi un navire se diriger droit vers nous. Je suis obligé de réveiller Janne et de lui dire d'enfiler son gilet de sauvetage. Le simple fait de prononcer ces paroles a quelque chose d'irréel. Nous virons à deux reprises, dans l'espoir que quelqu'un, sur la passerelle, va découvrir nos feux. Ce n'est qu'à moins de trois cents mètres de nous que le navire s'écarte brusquement et regagne le milieu du chenal, dont il n'aurait jamais dû s'éloigner. L'homme de barre a dû s'assoupir et le laisser dériver. Pour nous, cela aurait pu signifier la catastrophe.

Nous n'avons pas eu ce genre d'ennui, Sten et moi, lorsque nous sommes allés en Ecosse ensemble. La mer du Nord était déserte et nous n'avons rien vu d'autre à l'horizon que de l'eau et encore de l'eau.

Juste avant l'aube, la dernière nuit, Sten me réveille. Mon tour est venu de prendre le quart. Le vent souffle à nouveau, une légère brise portante du sud-ouest. Grand largue, voiles gonflées. Magnifique.

A l'aube, le soleil s'élève au-dessus de l'horizon, derrière cette mer que nous avons presque fini de parcourir. L'humidité qui se dépose toujours au cours de la nuit commence à sécher. Je m'allonge en travers du cockpit pour me prélasser. Le vent forcit légèrement et nous avançons à la vitesse de six nœuds. Je m'applique à ne pas chercher la terre du regard. D'après mes calculs, il nous reste soixante milles, c'est-à-dire une dizaine d'heures, à cette allure. A mi-voix, pour ne pas réveiller Sten, j'encourage le *Moana* en voyant le loch frôler le chiffre 7.

Dans l'euphorie de l'excès de confiance, je m'abstiens de réveiller Sten lorsque vient l'heure du changement de quart. Il ne nous reste plus que sept heures avant de toucher terre. Mais, sans que je m'en aperçoive vraiment, le vent a continué à forcir. Lorsque Sten s'éveille enfin, vers dix heures, il souffle un fort vent du sud-est qui va croissant. Les vagues dressent leur crête de plus en plus haut. Nous amenons le foc et le saisissons sur le pont. Les vagues sont de plus en plus courtes et abruptes, signe certain que nous approchons de la terre.

Soudain, au sommet d'une lame, je distingue une bande grise, puis un phare. C'est celui de Rattray Head, vers lequel nous faisons route depuis que nous avons quitté Thyborøn, à trois cent quatre-vingts milles de là. Nous avons procédé à treize changements de cap, navigué pendant plus de trois jours, sans aucun autre instrument que le compas et le loch, et pourtant nous avons mis en plein dans le mille, comme si nous avions simplement traversé le Sund entre Limhamn et Dragør. Je ne peux m'empêcher d'éprouver une certaine fierté.

Mais je n'arrive pas à me réjouir. Les vagues sont les plus hautes et les plus abruptes que j'aie jamais vues. Il nous arrive de surfer au point que le loch indique dix nœuds. Les crêtes se brisent et semblent vouloir nous avaler tout crus. Le plus à plaindre est Sten, qui contemple ce spectacle depuis l'entrée de la cabine. Pour l'occuper, je lui demande de prendre des photos. Pour ma part, je n'ai pas vraiment envie de me retourner et de voir ces masses aquatiques se dresser, se creuser, prêtes à nous dévorer. Il me suffit de regarder le visage de Sten pour savoir que l'un de ces monstres arrive. Mais, toujours, le *Moana* se soulève et glisse sur lui. Nous n'embarquons pas la moindre goutte d'eau par l'arrière.

Puis je m'aperçois que le courant nous pousse vers le sud et qu'il nous faut empanner pour doubler Rattray Head et arriver à Fraserburgh. Ce n'est pas drôle, de devoir empanner près d'une côte sous le vent, sous grand-voile, par 7 à 8 Beaufort. Mais j'ai au moins pris la précaution de mettre un câble d'acier de plus gros calibre – si gros que le gréeur s'est moqué de moi et m'a demandé si je comptais « jouer les Groenlandais », c'est-à-dire faire accomplir un tour complet sur lui-même au bateau, comme avec un kayak. Je me félicite maintenant de ne pas m'être laissé impressionner. Je profite du moment où nous prenons de la vitesse sur une vague plus grosse que les autres mais, malgré le fait que notre allure élimine une partie de la pression du vent sur la voile, cela claque comme un fouet lorsque la bôme et la voile changent de côté. Mais il n'y a pas de dégâts et je sais que nous disposons encore d'un peu de marge.

Naviguer à la voile, c'est repousser sans cesse ses limites. L'année précédente, nous étions à Cherbourg, en train d'attendre des vents plus modérés pour couvrir les deux cent quinze milles nous séparant de Dunkerque. Il y avait un avis de fort coup de vent et nous hésitions à nous aventurer dans la Manche. Je vais alors trouver un Anglais que nous avions rencontré à Guernesey, pour lui demander son avis. D'après lui, le vent soufflait trop pour que nous puissions prendre plaisir à notre traversée. La voile devait être un plaisir et non pas une forme de masochisme. Je suis donc reparti sans être très renseigné. Il s'est alors retourné et m'a dit :

— *I hope you won't sail.*

Nous partons malgré tout et couvrons soixante milles en l'espace de huit heures, avec ce vent violent et un courant favorable. Quelques heures avant le crépuscule, le vent forcit et nous comprenons alors que nous aurions dû suivre le conseil de cet Anglais. Le soleil est à l'horizon, tel une boule portée au rouge. Mais il disparaît dans le creux des vagues. Des gens instruits, versés dans l'art de la géométrie, pourraient en déduire la hauteur de celles-ci mais, pour Janne, Helle et moi, il suffit qu'elles soient assez grandes pour masquer le soleil. Une vague sur deux fait monter le loch à son maximum. C'est un sentiment à la fois exaltant et déplaisant que de faire dix nœuds à bord d'un bateau à quille longue comme le *Moana*. A un moment, je n'en crois pas mes yeux. La vague d'étrave atteint les winchs, sur les hiloires du cockpit, un peu comme si nous faisions du ski nautique. Lorsque nous redescendons dans le creux, elle s'effondre et projette deux bons seaux d'eau par-dessus la lisse.

Contraints de réduire notre vitesse, nous amenons le petit foc. Au milieu du chenal balisé pour les gros cargos, il faut être capable d'éviter les navires qui surgissent derrière nous, tels des fantômes. Certains d'entre eux virent en fait pour nous éviter. Difficile de déterminer s'ils voient notre écho sur leur radar ou nos feux. Nous ne parlons guère, mais je crois que nous comprenons, tous les trois, que notre marge de sécurité s'est considérablement réduite. Tout va bien, pour l'instant, mais il ne faut surtout pas que quelque chose casse.

A dix heures, je confie la barre à Helle pour tenter de dormir. Mais je ne suis pas couché depuis bien longtemps que j'entends un curieux bruit d'eau, qui semble provenir de tous les côtés à la fois, puis le fracas d'une énorme vague qui se brise sur notre arrière et bouche l'horizon, suivi d'un cri poussé par Helle. Nous avons eu de la chance : la vague avait déjà perdu l'essentiel de son énergie lorsqu'elle s'est abattue sur le tableau arrière du *Moana.* Helle en a été quitte pour la peur et pour une bonne douche.

Notre sentiment d'impuissance est encore renforcé par les éclairs d'un gros orage zébrant l'horizon quelque part entre Douvres et Calais. La précision de la navigation en souffre. Il est impossible de se fier aux relevés au gonio, dans ce crépuscule et par une mer aussi mauvaise. Il n'y a aucun port, à proximité, où chercher abri. Les Instructions nautiques sont catégoriques et mettent en garde contre le tentation d'y pénétrer par fort vent d'ouest.

Notre seule chance était que la mer s'ouvrait devant nous, écrit Harry Martinson dans *Kap Farväl!*, se rendant pour une fois coupable de quelque chose qui peut ressembler à une banalité. Mais en fait ce n'en est une que pour les terriens invétérés. Aucune stylistique au monde ne pourra jamais rien changer au fait que le plus grand danger, à la mer, c'est la terre.

Pour ne pas que mes compagnons nourrissent de fausses espérances, je leur dis de se préparer à poursuivre notre route à travers la mer du Nord jusqu'à Cuxhaven, s'il le faut, tant que le vent ne sera pas tombé. Cette décision nous redonne un peu d'énergie.

Pendant toute la nuit, cela ne cesse de souffler violemment. Nous ne savons pas encore avec quelle force, exactement. Je finis par m'endormir, pendant que Janne et Helle s'occupent du *Moana*. Quand ils me réveillent, à quatre heures, juste après l'aube, les choses ont bien changé. Le soleil brille, l'orage s'est éloigné et le vent est à peine perceptible. Au nord-ouest, nous voyons l'éclat des falaises de craie de Douvres. Au sud-est, le cap Gris-Nez se détache nettement sur le soleil matinal.

Par la suite, j'ai appris que la nuit n'avait pas dû être facile. A une heure du matin, Helle capte la météo marine de la BBC et entend « *Warning, gale 8* ». Janne m'a dit plus tard qu'il avait pu lire sur le visage de Helle, avant même qu'elle dise quoi que ce soit, que les choses allaient encore empirer. Mais il se trompait. Cette force 8, on l'avait déjà.

Helle et Janne vont se coucher et je continue à piloter le bateau vers Dunkerque. Je sens la chaleur du soleil et je m'étonne de la rapidité des changements en mer. Nous faisons toujours cinq nœuds, avec une grand-voile à deux ris pour toute toile mais, en comparaison de ce que nous venons de vivre, on pourrait croire qu'il n'y a plus un souffle de vent.

Une fois arrivés à Dunkerque, à deux heures, nous prenons un whisky bien mérité. Il n'y a rien à dire que nous ne sachions déjà et nous échangeons simplement quelques mots sur la difficulté à faire comprendre à quelqu'un d'autre notre expérience.

C'est exactement le sentiment que Sten et moi avons eu, l'année suivante, lorsque nous avons fini par rallier Fraserburgh et nous glisser entre les gigantesques brise-lames conçus pour résister aux tempêtes venues du Nord, qui ne rencontrent aucun obstacle entre l'Arctique et l'Ecosse, le sentiment d'être arrivés à bon port et d'avoir mené à bien ce que nous avions entrepris. Sten et moi n'avons rien eu à ajouter, non plus, après ces quelques heures passées au milieu de ces affreuses vagues. Pendant un moment, j'ai bien cru que nous ne parviendrions pas à pénétrer dans le port de Fraserburgh, qui est orienté vers l'est. J'ai dit à Sten qu'il faudrait sans doute couvrir une cinquantaine de milles de plus et j'ai vu son visage se décomposer. Mais, après avoir doublé Rattray Head, la côte nous a malgré tout protégés de la mer et nous avons pu pénétrer dans le port, sur notre minuscule bateau, à côté des énormes chalutiers de haute mer. Le fait d'être parvenus à bon port n'a bien entendu fait que renforcer notre joie, tandis que nous levions les yeux vers les façades grises de Fraserburgh, sous une petite pluie fine et à travers une légère brume.

Le lendemain, il y avait une cérémonie, dans le port. Le duc de Kent devait baptiser le nouveau bateau de sauvetage de Fraserburgh. C'était le troisième de la ville et le premier depuis bien des années, après que les deux précédents eurent coulé avec leur équipage, précisément à l'endroit où nous avions affronté cette mer démontée. Par la suite, j'ai pu lire dans le *Cruising Association Handbook* une mise en garde particulière contre les parages de Rattray Head par fort vent d'est. Si quelque chose nous était arrivé, au *Moana* ou à nous deux, cela aurait été ma faute : j'aurais dû apprendre ma leçon. C'est une erreur difficilement pardonnable.

Après une visite au pub et au restaurant, nous sommes rentrés nous coucher à bord du bateau. J'ai rarement éprouvé un tel sentiment de paix. Le simple fait de savoir que je n'allais pas avoir besoin de me relever trois heures plus tard a fait pâlir tous les autres paradis.

Nous avons pu dormir pendant quelques heures. Mais, à quatre heures du matin, nous avons tous deux été réveillés par des bruits sur le pont. Nous nous sommes levés sans difficulté. L'idée que nous pourrions continuer à dormir tout notre soûl a fait de ce réveil un véritable baume pour l'âme. Pour un plaisancier comme pour un vagabond, le bonheur peut être quelque chose d'aussi simple que la possibilité de se rendormir. Lorsque nous sommes montés sur le pont, nous nous sommes trouvés face à face avec des pêcheurs qui se faufilaient sur le pont du *Moana* afin de l'amarrer au quai, pour prendre eux-mêmes la mer. Ils sont allés jusqu'à nous dissuader du geste, lorsqu'ils nous ont vus apparaître.

— On s'occupe de tout. Continuez à dormir !

Rien que pour entendre ces mots, cela valait la peine de traverser la mer du Nord à la voile.

C'est drôle de posséder une lanterne, écrit Harry Martinson alors qu'il est en train de parcourir le Brésil à pied. *Plus drôle et plus libérateur pour le cœur que de posséder de grandes maisons. Et c'est drôle de marcher avec une lanterne dans les forêts du Brésil.*

En effet, il n'est besoin de rien d'autre pour rendre un nomade heureux.

| *Du sens de l'inexplicable*

Après neuf mois de navigation et d'hivernage en Irlande, nous appareillons de Kinsale par un petit matin brumeux. Au cours de la dernière semaine, nous avons compris qu'il était temps de quitter ce pays où nous avons été si heureux. La curiosité et le désir de voyager ont fini par l'emporter. Pourtant, nous sommes tristes de quitter cette ville et les amis que nous y avons trouvés, plutôt que faits, car en Irlande les gens sont plus gentils et plus serviables que dans la plupart des autres pays européens que je connais. Quand reverrons-nous Mary, de la Tap Tavern, notre pub favori ? Quand entendrons-nous à nouveau la joie et l'enthousiasme communicatifs de Björn et de Barbara ? Et puis Giles, le timide capitaine du port ? Croisera-t-il notre chemin ? Et John, avec son bateau en bois ? L'équipier du *Silver Tara*, qu'on appelait *The Kiwi*, parce qu'il était originaire de Nouvelle-Zélande ? Tony, de l'office du tourisme, qui m'a un jour fait faire le tour de la moitié du comté de Cork simplement pour me montrer une partie de cette Irlande qu'il aime par-dessus tout ? Et Michael, le joueur de guitare du pub, le reverrons-nous jamais ?

Naturellement, aucun d'entre eux n'est levé, à une heure aussi matinale. Nous partons de bonne heure, dans l'espoir de rallier Newlyn, en Cornouailles, avant la tombée de la nuit le lendemain. Seul John, qui a hiverné avec nous sur son bateau en acier, l'*Abba*, est sur le quai. Sa tristesse est grande. Après avoir passé quinze ans à bord, sa femme l'a convaincu d'aller vivre à terre et ils ont acheté une petite maison dans le sud de l'Angleterre.

John s'y refuse, au fond de lui. En plaisantant, il me dit qu'il n'aurait jamais dû longer la côte ouest de l'Irlande l'année précédente.

— *That took away our life expectancy by a couple of years* [1], dit-il.

Mais ce qu'il veut dire, c'est que ce périple a été si dur et si angoissant que sa femme n'a plus voulu continuer à naviguer. Et il est là à nous faire au revoir de la main. Sachant que personne ne fera de même pour lui quand il appareillera. Cela doit être dur.

1. Cela a réduit notre espérance de vie d'un ou deux ans. [N.d.T.]

Mais ce n'est pas de la tristesse des adieux que je voulais parler, c'est de l'inexplicable : cet amour que John porte à la mer et à son bateau, ce besoin de vivre et de voyager dans une sorte de caisse aux contours élégants.

Peu après notre départ de Kinsale, ce jour-là, nous tombons en panne de moteur. Ce n'est pas vraiment inexplicable, étant donné l'âge respectable de celui-ci. Nous sommes d'abord tentés de faire demi-tour pour réparer mais, tandis que nous y songeons, le vent se lève et nous décidons de continuer. Après tout, nous avions déjà navigué plusieurs années sans moteur, même si cela n'avait pas toujours été sur des eaux aussi capricieuses et traîtresses que la mer d'Irlande.

Un peu plus tard dans l'après-midi, nous filons bon train sous une brise légère, par un chaud soleil et sur une mer déserte. Nous avons pour seule compagnie les oiseaux de mer, des fous à bec jaune et des mouettes grises, jolis à voir mais pas très communicatifs : autant ils sont bruyants à terre et autour des bateaux de pêche, autant ils sont silencieux en pleine mer. Helle et moi sommes assis à paresser dans le cockpit. La météo est excellente. La mer d'Irlande va se tenir tranquille toute la nuit.

Soudain, au milieu de cette paix, retentissent deux violentes explosions, comme si quelqu'un venait de tirer au canon. Des milliers d'oiseaux de mer prennent leur envol et se mettent à crier et à piailler comme on n'aurait jamais cru qu'ils puissent le faire en un endroit pareil. Il leur faut plusieurs minutes avant de se calmer et de se poser à nouveau. Nous explorons l'horizon, y compris à la jumelle, mais la mer est aussi déserte que l'instant d'avant.

Pourquoi ce bruit ? Des navires de guerre au-delà de l'horizon ? Non, les détonations étaient trop violentes. Des avions de chasse à l'exercice ? Mais nous aurions entendu le bruit de leurs réacteurs.

Nous décidons de ne pas nous en soucier. Que faire d'autre d'ailleurs ? Si ce n'est prendre notre incertitude en patience.

Le lendemain, par un crépuscule brumeux, nous doublons Land's End. A peine l'avons-nous fait que le vent tombe et que nous sentons des bouffées de chaleur nous parvenir de la terre. Il fait lourd et il y a de l'orage dans l'air. Nous parvenons à mettre le moteur en marche, mais il est tellement poussif que nous n'osons pas prendre le risque de le laisser tourner plus qu'il n'est utile pour nous permettre de contourner une balise verte et de mettre le cap sur la baie, au fond de laquelle la ville de Newlyn se cache derrière une pointe. A notre grand soulagement, le vent se lève à nouveau, mais de terre, maintenant. Nous nous mettons à louvoyer, tandis que tombe la nuit. Mais bientôt la brise fraîchit et l'eau se met à jaillir par-dessus la capote, sur cette mer agitée de vagues courtes. Nous ne manquons pas d'ouvrage, l'un à barrer, l'autre à se repérer et tenter d'identifier toutes les lumières qui brillent à terre. C'est l'un de ces moments où l'adrénaline coule à flots, sans qu'aucun danger réel se profile. Le problème, ce soir-là, c'est que Helle et moi avons du mal à nous mettre d'accord sur ce que nous voyons. Combien d'éclats ? Tu vois cette balise ? Tu ne crois pas que c'est l'entrée du port ? Et ainsi de suite.

Soudain, au milieu de toute cette incertitude, nous entendons un bruit bizarre, derrière nous. Nous nous retournons pour découvrir un feu rouge clignotant suspendu à deux cents mètres au-dessus de l'eau. Il se déplace latéralement, monte et descend lentement en émettant une sorte de souffle qui, mêlé à celui du vent, paraît très étrange. Une chose certaine : ce n'est pas un navire. Pas plus qu'un avion. Nous en avons assez vus pendant notre hivernage à Dragør pour pouvoir les identifier même dans l'obscurité. A certains moments, cet objet non identifié paraît se rapprocher, à d'autres s'éloigner et à d'autres encore rester sur place en oscillant légèrement.

Mais nous n'avons pas de temps à perdre avec l'étrange et l'inexplicable. Il faut gouverner et savoir où nous sommes. Pourtant, pendant que je m'efforce de tenir les caps que Helle m'indique, je n'arrête pas d'y penser. Et soudain, je crois avoir compris.

— C'est un hélicoptère, dis-je. Ce ne peut être que ça.

Je me souviens maintenant que la carte marine fait mention d'exercices d'hélicoptère. J'ai sûrement vu juste. Mais quant à en être sûr, c'est une autre histoire. Où sont les preuves ?

Un peu plus tard, je parle à quelqu'un des explosions entendues en mer d'Irlande. Mon interlocuteur affirme que c'est le bruit d'un Concorde en route pour l'Amérique qui franchit le mur du son à cet endroit. J'ajoute foi à ces propos parce qu'ils peuvent expliquer l'inexplicable. Mais suis-je bien sûr, en fait, que l'un de ces bruits était celui d'un avion supersonique et l'autre celui d'un rotor ? Non, mais que peut-on faire d'autre que de tenir le vraisemblable pour à peu près vrai, si l'on veut éviter de se creuser perpétuellement la tête ?

Un linguiste allemand du nom de Scheler a fait fort justement remarquer que l'être humain a horreur du vide sémantique, c'est-à-dire que l'une des pires choses qui puissent lui arriver est de ne pas comprendre ou de ne pas être compris. De son côté, le psychologue Frankl a rédigé des milliers de pages, après son séjour au camp de concentration de Buchenwald, pour prouver que l'un des instincts les plus puissants de l'humanité, aussi fort que celui de conservation et que la sexualité, est le besoin de sens : la volonté et le désir de comprendre et d'être compris. Pour ma part, j'ai écrit plus de trois cents pages pour tenter de montrer que la plus grande découverte de l'humanité est celle du sens basé sur les symboles, c'est-à-dire le fait qu'une chose peut en représenter une autre.

Peut-il exister quelque chose de plus affreux que le sentiment de l'absurde, de l'absence de sens ?

Il est tragique que ce sentiment soit plus répandu que jamais, de nos jours.

N'est-ce pas parce qu'ils souhaitent que leur existence, par ailleurs insondable, ait du sens que tant de gens sont victimes de toutes sortes de gourous, d'astrologues, de chefs de sectes, de voyants et de prophètes, de dieux vrais ou faux ?

Jadis, bien avant les instruments de navigation électroniques et sophistiqués de l'époque actuelle, au moyen desquels on peut déterminer sa position à quelques mètres près, on naviguait à l'estime, c'est-à-dire sans aucun autre outil que le cap et la vitesse. A cette époque, les bons navigateurs savaient qu'une position calculée de la sorte devenait de moins en moins fiable au fur et à mesure qu'on s'éloignait de son point de départ. Courants et dérive, par exemple, sont difficiles à apprécier de façon exacte et, plus l'on progresse, plus la marge d'erreur s'accroît, naturellement. C'est pourquoi une position calculée à l'estime est toujours portée sous la forme d'un cercle. Le navigateur avisé tient compte de ce facteur d'incertitude, le garde présent à l'esprit, ne cesse d'élargir son cercle en étant prêt à ce que n'importe quoi puisse survenir à sa périphérie, ne prend jamais ses désirs pour des réalités et ne s'imagine pas que son navire se trouve bien en sécurité, au centre du cercle, et non pas exposé à tous les dangers, à la périphérie.

On était donc contraint de vivre dans l'incertitude, en mer. Il était plus dangereux de croire qu'on en savait trop que trop peu. Il fallait mettre l'inexplicable entre parenthèses, planter là sa recherche du sens sans pour autant lui permettre d'accaparer vos pensées.

Où peut-on apprendre cela, à terre, de nos jours ? On dit souvent que « plus on en apprend, moins on en sait ». Mais, même si c'est vrai, en un certain sens, rares sont ceux qui prennent ce principe au sérieux.

Paradoxalement, alors que la somme de nos connaissances ne fait que croître, il semble que nous soyons possédés d'un besoin croissant de foi. Il n'y a pas si longtemps, *L'Express* a publié un numéro spécial sur l'astrologie. On pouvait y lire qu'en France il existe dix mille astrologues professionnels vivant de cette activité, que 40 % des Français prennent connaissance de leur horoscope au moins une fois par semaine et qu'une entreprise sur dix a recours aux services d'un astrologue pour choisir le candidat le plus apte à tel ou tel poste.

Ce qu'on a toutes raisons de se demander, c'est pourquoi il faut remplacer le savoir par la foi, dans les cas où le premier fait défaut. Pourquoi avons-nous tant de mal à vivre dans l'incertitude ? Pourquoi si peu de gens osent-ils vivre à l'estime ?

Mais, en même temps, je me laisse à nouveau aller à prendre mes propres désirs pour des réalités. Harry Martinson a également raison, quand il écrit :

La mer donne naissance à bien des rêves ; ceux-ci sont capables de subjuguer l'âme d'un mousse, qui n'est rien

d'autre qu'un enfant. Ils prospèrent et s'épanouissent, sous une forme à la fois plaisante et effrayante, sur fond de volutes de fumée et de nuages d'orage bleu-noir.
(*Resor utan mål*)

C'est tout à fait exact, car c'est un fait avéré que la superstition sous toutes ses formes – la pièce de monnaie sous le pied du mât ou l'interdiction de siffler à bord – a rempli tous les navires du monde de consolation et d'effroi.

Où est donc la vérité ?

Peut-être consiste-t-elle à dire que ceux qui mènent véritablement leur vie à l'estime, aussi bien à terre qu'en mer, de façon parfaitement sérieuse peuvent se compter sur les doigts d'une seule main.

| *Du bonheur*

Qu'est-ce qui peut vous valoir un sentiment de bonheur pareil à celui qu'on éprouve quand on vient de s'amarrer dans un nouveau port, après une longue traversée ? J'ai rarement été aussi heureux, aussi profondément satisfait que le jour où Janne et moi avons aperçu les murs de Saint-Malo à travers une légère brume, tôt le matin, ou lorsque nous avons pénétré dans l'écluse de Brunsbüttel, sur la chemin du retour, après avoir attendu toute une nuit à l'embouchure de l'Elbe, sous un gros orage, que la marée s'inverse. Ou encore, lorsque Sten et moi nous sommes serré la main à Fraserburgh, après la traversée de la mer du Nord, ou lorsque nous avons pénétré dans le port d'Aalbæk, sur la côte est du Jutland du Nord, après avoir parcouru quatre cent quatre-vingts milles en droite ligne depuis Buckie et déchiré notre grand-voile à quelques encablures de l'entrée du port. La joie qui m'a envahi la seconde fois que je suis arrivé à Fraserburgh, après que Helle et moi eûmes couru vent arrière vers la côte au milieu d'affreuses vagues et de ténèbres profondes, lorsque nous avons réussi à nous glisser entre les énormes jetées juste avant que la tempête ne se lève pour de bon... Quand, dans la cabine pleine de cirés et de cartes marines trempés, nous avons appelé les gardes-côtes à Aberdeen pour leur annoncer, comme nous le leur avions promis pendant que nous étions en mer, notre arrivée à bon port. Ou lorsque, après vingt-quatre heures sans dormir, nous avons accosté à Tréguier après avoir traversé la Manche et couru jusque chez le boulanger pour acheter notre première baguette avant l'heure de la fermeture.

Le bonheur sans mélange que j'ai éprouvé en arrivant à Saint-Malo s'explique peut-être. C'est là que j'ai commencé à rêver de faire de la voile.

Comme je l'ai déjà dit, je ne possède pas de racines géographiques. Mais s'il existe un lieu où je me sens chez moi, c'est bien à Saint-Malo, au moins en hiver, quand les touristes brillent par leur absence. Cette cité de granit entourée de murs et ses habitants sont totalement tournés vers la mer et seulement rattachés par une étroite langue de terre artificielle. Saint-Malo est en fait une île et non, comme on pourrait le croire aujourd'hui, un poste avancé du continent. Derrière son enceinte, on est à la fois prisonnier et protégé – jusqu'à la

Seconde Guerre mondiale, personne n'a jamais réussi à la prendre – mais, du haut de ses remparts, on a vue sur le monde.

De tous temps, les Malouins se sont tournés vers le monde au-delà de l'horizon. Ce sont eux qui ont découvert le Canada. Ce sont eux qui ont les premiers mis les pieds sur *Las Islas Malvinas*, comme on appelle les îles Falkland en espagnol. A l'origine, celles-ci n'étaient ni britanniques ni argentines, mais malouines. Mais personne, ou peu s'en faut, n'en a parlé, au cours de l'absurde guerre qui s'est déroulée là-bas.

Ce sont aussi les Malouins qui ont armé les plus grandes flottes de pêche en direction de Terre-Neuve. Chaque année, des centaines de voiliers mettaient le cap sur le nord-ouest et les bancs de morue. Six mois plus tard ils rentraient, chargés à ras bords de poisson salé qui procurait d'énormes bénéfices aux armateurs. La perte de centaines de marins, noyés ou morts d'une façon ou d'une autre, ne semble pas avoir perturbé les comptes de façon notable. Et, chaque année, les navires repartaient et disparaissaient à l'horizon.

Aujourd'hui encore, les Malouins voyagent comme pour abattre leurs murs. Tous ceux que je connais là-bas disent qu'ils veulent partir, que c'est une nécessité, mais ils n'arrivent jamais nulle part, puisqu'ils reviennent toujours. J'ai rarement rencontré autant de gens qui soient à ce point partagés entre le désir de s'en aller et le plaisir de rester chez soi.

En d'autres termes, il était naturel que ce soit à Saint-Malo que je commence à rêver de voile. J'ai été contaminé par ce besoin d'évasion que j'ai lu sur les visages et qui semble gravé à jamais sur les murs d'enceinte et sur les quais. Eté après été, je suis allé voir l'Atlantique, du haut des remparts. A Paris, où je vivais, je dévorais les journaux parlant de bateaux et les récits de circumnavigation. A Copenhague, où je suis allé vivre ensuite, j'ai rencontré Helle, qui m'a donné le courage d'acheter mon premier bateau : le *Skum*, un Folkboat numéro 38, construit en 1943, dépourvu de moteur mais muni de dames et d'avirons.

Lorsque j'ai commencé à naviguer sur le *Skum*, j'en savais plus sur le vent et sur les lames autour du cap Horn que sur la façon dont on hissait la grand-voile ou on bordait l'écoute de foc. Mais ce premier été s'est révélé idéal pour les débutants. Une bonne petite brise de mer au cours de la journée, qui mollissait à la fin de l'après-midi alors que nous abordions, à voiles seulement, un port nouveau et inconnu. Quand on n'a pas de moteur, on est bien obligé d'apprendre. Ou alors on désespère et on abandonne.

J'ai eu de la chance et je n'ai pas eu à avoir peur. J'ai au contraire pris goût à la mer et je me suis mis à rêver pour de bon. Pour moi, un bateau, ce n'était – et ce n'est toujours – rien de moins qu'un instrument de liberté. Un petit héritage m'a permis d'échanger le *Skum* contre un IF. Non que ce fût un meilleur bateau, mais parce que le *Skum* n'était pas pourvu d'un autovideur. Et, même si je suis prêt à payer un certain prix pour réaliser mes rêves, ce n'est pas au point d'être écervelé. Sur le *Moana* j'ai d'ailleurs monté un système supplémentaire de vidange et renforcé le gréement.

Au cours de ma quatrième année de plaisancier inexpérimenté, Janne Robertsson, Helle et moi avons quitté Kalvehave, au sud de l'île de Sjælland. Cap sur Saint-Malo.

La dernière nuit, nous sommes restés éveillés pendant la centaine de milles séparant Cherbourg de Saint-Malo. Juste avant l'aube nous avons franchi le Raz de Blanchard par temps calme et légèrement brumeux.

Pendant toute la nuit, nous sommes restés à bavarder sous les étoiles. Vers le haut, la vue était illimitée mais, sur les côtés, la brume bouchait tout. Nous n'avons même pas vu les phares de Jersey, à quelques milles de nous. Mais quelle importance, puisque le ciel entier s'ouvrait devant nous ?

Nous avons sans doute parlé de béton. Cela peut paraître étrange, mais le fait est que nous en avons souvent parlé, au cours des quarts de nuit. Janne est architecte et, pour ma part, je n'aime pas le béton. Nous avons donc comparé les murs de Lund et de Stockholm pour tenter de comprendre pourquoi nous divergions tellement. Je ne me souviens pas que nous soyons parvenus à une conclusion définitive. D'ailleurs, ce n'était peut-être pas le but de nos conversations.

Une fois par heure, cette nuit-là, je suis allé m'asseoir à la table de navigation pour dessiner des triangles de courant. J'avais une connaissance théorique des marées et des courants, alors que Janne était le praticien qui tournait les boutons et l'antenne du gonio.

De temps en temps, nous cherchions des yeux le phare du cap Fréhel, juste à l'ouest de Saint-Malo. Il est en principe visible à quarante milles en mer, mais nous ne l'avons pas vu avant qu'il n'émerge de la brume, en haut de sa falaise de soixante mètres, un demi-mille devant notre étrave. Nous avons « tourné à gauche » et nous sommes soudain retrouvés au milieu de la discordance des balises marquant l'entrée du port de Saint-Malo. Les îles sont sorties de la brume les unes après les autres, plusieurs d'entre elles couronnées de ruines de châteaux ou de fortifications qui semblaient tirées du *Comte de Monte-Cristo.* Nous avons rencontré un bateau-pilote qui sortait. Le pilote nous a fait signe de la main. Peut-être le pavillon suédois lui semblait-il exotique et peu vraisemblable sur un si petit bateau. C'est du moins ce qu'il nous a plu de penser.

Les contours des toits de Saint-Malo sont alors apparus, derrière ses remparts. J'étais heureux comme un enfant le soir de Noël. J'ai considéré comme parfaitement normal que nous arrivions précisément à marée haute, ce qui nous a permis de franchir l'écluse du vieux bassin au bout d'un quart d'heure d'attente seulement. A Saint-Malo, la différence d'amplitude entre hautes et basses eaux est de douze mètres, lors des grandes marées. Si l'on arrive au mauvais moment, on risque d'attendre longtemps avant de pouvoir entrer.

Sitôt amarré, je suis parti pour la ville. Je respirais des odeurs familières et me reconnaissais. Pourtant, Saint-Malo n'était pas comme d'habitude, ce jour-là. Mon cœur battait la chamade, tandis que j'approchais du bureau où travaillaient Yann et Véronique Cayré, mes bons amis et hôtes depuis de nombreuses années. J'ai ouvert la porte.

Yann avait l'habitude de me voir arriver sans crier gare, mais il a pourtant eu l'air étonné, malgré son sourire. Je ne lui avais même pas laissé entendre que j'étais en route pour Saint-Malo.

— D'où viens-tu ? m'a-t-il demandé.

— De Cherbourg.

— De Cherbourg ?

— Oui, et avant ça de Cuxhaven, Zeebrugge et Dunkerque. Je suis venu en bateau.

Il lui a fallu un moment avant de comprendre que je disais la vérité. Il n'avait jamais vraiment ajouté foi à mes propos, selon lesquels j'avais l'intention d'arriver un jour à Saint-Malo sur mon propre bateau. A cette époque-là, je ne savais même pas naviguer.

Ce fut indiscutablement l'un des meilleurs moments de ma vie. Pourquoi ? Simplement parce que j'étais venu à la voile ? J'ai réalisé d'autres rêves, à terre, sans avoir plané ainsi sur un nuage. Ce n'est peut-être pas possible à expliquer mais je sais que je ne suis pas le seul à nourrir de tels sentiments. Je les partage avec d'autres navigateurs. Et sans doute ont-ils autant de mal que moi à croire que l'on puisse éprouver un bonheur et une satisfaction analogues, sous une forme aussi pure et authentique, à terre.

Il était là, ce bonheur, lorsque j'ai pénétré dans le port d'Aalbæk après quatre cent quatre-vingts milles par un temps parfois assez mauvais.

Etait-ce la distance couverte ? Les risques courus ? Les peines et la fatigue dues à ces quatre jours et demi passés en quarts de trois heures ?

Pas seulement, parce que, cette fois-là, nous les avions surmontées. Nous avions acquis un autre rythme et nous nous trouvions dans cet état d'esprit où l'on a l'impression que l'on va pouvoir continuer à naviguer éternellement. Pourtant, nous avions connu des moments assez difficiles. Pendant deux de ces quatre jours, nous avions navigué avec une grand-voile à deux ris et un petit foc. Je ne sais pas exactement à quelle vitesse soufflait le vent, mais nous avions marché à cinq nœuds et demi de moyenne et c'est beaucoup pour un bateau comme le IF.

Sten et moi nous sommes amarrés à un bateau battant pavillon suédois. Nous avions dormi tout notre soûl et j'avais passé les dernières heures à faire un peu de ménage à bord, avant le retour au pays. Sans se douter de rien, le capitaine du bateau voisin nous a demandé d'où nous venions. Je ne peux pas nier que j'aie été très fier de lui annoncer :

— De Buckie.

Et que sa réponse ne m'a pas déplu, non plus.

— Où est-ce que ça se trouve ?

Par la suite, nous lui avons offert un excellent whisky, importé directement des Highlands.

C'était une des meilleures marques, impossible à trouver au Danemark pour moins de quatre cents couronnes. Sten et moi nous sommes regardés, un peu découragés, lorsque nous avons vu nos hôtes suédois faire cul sec et tendre leurs verres pour en redemander.

Aucun doute, nous étions à nouveau au pays.

Mais le bonheur du retour, très fugitif, vous glisse fort vite entre les mains.

Et pourtant nous n'arrivons jamais à destination, de façon à voir le bonheur sous tous ses aspects, car il s'esquive, effrayé par cette diantre de chevauchée.

(*Kap Farväl!*)

C'est la faute des sédentaires.

Il a l'air d'un vrai magicien, écrit Harry Martinson, à propos du gardien d'un port industriel d'Angleterre. *Mais ne croyez pas cela. Il a sûrement le crâne plein de bon sens. Quatre et quatre font huit. Et la laine pousse sur les moutons, pas sur les arbres. Quant à la mer du Nord, c'est de l'eau.*

Il n'est pas facile de capter le bonheur, quand on est entouré de gens qui ne sont que des êtres de raison bourrés de bon sens.

| *De l'art de faire ses preuves*

Peut-on apprendre quelque chose de précieux et d'indispensable, à propos de la vie, sur un petit bateau à voile et sur la vaste mer ? Quelque chose qu'il soit impossible de se procurer ailleurs ou d'une autre façon ?

Naturellement, j'aimerais le croire. Mais, en même temps, je dois reconnaître que ce genre de leçon ne vient pas automatiquement.

Prenons le sentiment de danger devant une mer démontée crachant l'écume.

A l'inverse de ceux qui, comme Shakespeare, estiment que l'être humain n'est qu'un fétu de paille, une crotte de mouche, La Fontaine estime, lui, que c'est un roseau. Lorsque survient la tempête, il plie, se courbe, mais se redresse toujours, alors que l'orgueilleux chêne est déraciné. Quelle est la vérité sur l'être humain ? A la mer, il y a ceux qui plient et se redressent, ceux qui sont pris de panique et sont brisés, ceux qui luttent et qui essuient victorieusement la tempête. En fait, il n'existe aucune vérité sur l'homme qui ne risque d'être démentie.

La mer ne devrait-elle pas être source d'humilité ? Si, c'est ce qu'elle *devrait* être. Et pourtant, il est des gens, parmi ceux qui survivent à un danger, qui n'ont pas peur des mots. Ils se vantent d'être sortis vainqueurs de la lutte, d'avoir vaincu la mer, alors que la seule victoire dont ils puissent se prévaloir, en fait, est celle qu'ils ont remportée sur eux-mêmes. Boris Vian a appuyé là où cela fait mal lorsqu'il a dit que les soldats qui survivent aux guerres ont toujours tendance à estimer que les conflits armés ne sont pas dangereux. Car ne trouve-t-on pas le plus souvent les bagarreurs à grande gueule parmi les anciens combattants, ceux qui *devraient* pourtant savoir ce qu'il en est ? Mais qui refusent de le savoir.

Un autre Français, Bernard Lavilliers, reprend les mots des Anciens dans l'un de ses textes les plus suggestifs : « il y a trois sortes de gens : les morts, les vivants et ceux qui sont en mer ».

C'est beau, mais est-ce la vérité ?

Il est vrai que la mer et la navigation, en solitaire ou en équipe, peuvent vous en apprendre long. Mais on peut aussi éviter d'en tirer des leçons, mettre des œillères et débarquer sans être changé d'un iota.

Erskine Childers, l'écrivain irlandais auteur de *L'Enigme des bancs de sable* [1], me semble avoir bien saisi cela. Dans l'un de ses articles du *Times* à propos de voile, au début du XXe siècle, il se demande ce qui peut pousser « des gens prudents, précis et ponctuels, ayant des habitudes régulières et des goûts bien arrêtés » à se lancer sur de petits bateaux et à s'exposer aux inconforts et aux risques de la mer. Selon lui, « quelque chose a ainsi été gagné, non pas par la force mais par l'amour ; le monde a doublé ses dimensions ct est observé pour la première fois dans l'harmonie. De nouvelles valeurs ont été établies sur les épaves d'anciennes normes en matière d'utilité et de récompense [2]. »

Comme on le voit, ce ne sont pas de minces exigences que Childers nourrit, au sujet de la sagesse que peut procurer la mer. Les mots-clés, ici, sont : amour, bonheur, harmonie, avec un rien de mysticisme en prime.

Dans un autre article, il remarque que c'est plutôt la lutte de l'être humain contre lui-même

---

1. Paru aux éditions Ombres, en 1997. [N.d.T.]
2. *A Thirst for the Sea. The Sailing Adventures of Erskine Childers*, Stanford Maritime, 1979. [N.d.A.]

qui peut apporter au marin des expériences et des enseignements inoubliables et uniques :

Au fond, l'explication de la fascination que la voile exerce sur un petit nombre de gens réside dans ce qui la disqualifie aux yeux de la foule : l'extrême solitude dans le conflit avec un élément redoutable, la privation volontaire de toute aide humaine, qu'elle soit physique ou morale, et le fait de soumettre consciemment et délibérément ses facultés à une épreuve impitoyable. Personne ne vous regarde. On ne risque certes pas de se couvrir de ridicule quand on commet des erreurs, mais on ne recueille pas non plus d'applaudissements pour ses exploits. Sans rival à vaincre ni jury à convaincre, sauf celui de votre for intérieur, les éléments de compétition et de spectacle inhérents au sport sont totalement absents. Est absent également, sauf en de rares et brèves périodes, le sentiment de plaisir pur et simple. Le corps et l'esprit sont sans cesse soumis à une tension extrême. Les cas d'urgence se succèdent à une cadence accélérée et vous avez beaucoup de chance si vous avez pu surmonter l'un avant que le suivant ne se présente. Il est plus fréquent qu'ils s'accumulent, jusqu'à produire une situation si complexe qu'il semble n'exister aucune solution. Mais la dure loi de la nécessité fait éclore les capacités et aiguise les sens à un degré incroyable.

Il y a là bien des choses à méditer. Mais que veut dire Childers, quand il écrit que la voile n'est jamais, sauf en de rares et brèves périodes, un plaisir pur et simple ? Le fait de naviguer sur un petit bateau implique-t-il toujours l'inquiétude et l'angoisse, la tension et la concentration, difficultés et incidents ? Ne peut-on donc jamais se détendre et se laisser prendre par la beauté de la mer, sans avoir l'esprit accaparé par la manœuvre suivante ou par le prochain changement de temps ? Ou encore apprécier la beauté d'une formation nuageuse sans en calculer mentalement la hauteur et la vitesse et sans observer ses nuances afin de déterminer la force des vents qu'elle génère ?

Tout dépend de l'endroit où l'on se trouve. Mais l'Irlande est aux trois quarts entourée par l'océan et il est rare que l'on puisse se laisser aller et oublier où l'on est. Chaque fois que l'on sort d'un mouillage abrité, on est face à l'océan. Parcourir les quelques milles qui vous séparent de la baie voisine implique de préparer son bateau comme pour traverser l'Atlantique.

La Bretagne, au moins sur ses côtes nord et ouest, est encore pire, avec ses marées tourbillonnantes. Longer la côte nord de l'Espagne, c'est cingler dans certains des parages qui ont la plus mauvaise réputation au monde : les rives du golfe de Gascogne. En Ecosse, il existe des détroits tels que Corrywreckan et le Pentland Firth, que seuls des fous sont capables d'aborder à la voile sans en frémir à l'avance

Les plaisanciers ont une certaine propension à croire que c'est un plus grand exploit de traverser l'Atlantique que la mer du Nord ou la Baltique. Celui qui a fait le tour du monde est considéré avec beaucoup plus de respect que celui qui a longé les côtes de Norvège ou essuyé une tempête sur le Kattegat. Mais le courage, la ténacité et l'habileté à naviguer n'ont rien à voir avec la distance parcourue.

Si l'on veut se prouver à soi-même et aux autres qu'on est un homme ou une femme hors du commun, il suffit de se poster à Thyborøn, au bord de la mer du Nord, d'attendre que la tempête se lève et de partir naviguer le long de la côte pendant un jour ou deux. Le Kattegat est suffisant pour quiconque veut mettre à l'épreuve ses qualités de marin ou jouer à la roulette russe avec la mer. Le Kattegat est même un genre de défi qui ne le cède en rien à des eaux plus vastes. Au bout de six heures de tempête, les vagues y atteignent leur hauteur maximale à pas plus de dix milles de la côte au vent. Cette hauteur peut atteindre dix-sept mètres ! C'est naturellement la raison pour laquelle même des navires de gros tonnage mouillent dans le Sund ou dans la baie de Packhus, à Anholt, lorsque souffle la tempête. Ajoutez à cela que la côte est toujours dangereusement proche ; impossible d'amener toutes les voiles, de fermer toutes les écoutilles et de se laisser dériver en espérant que tout se passera bien, quels que soient les dieux que l'on prie. Tôt ou tard, on est poussé par les vents d'ouest contre les falaises de granit de Kullen ou l'on va s'échouer sur les écueils au large de Falkenberg et on est réduit en miettes. Pour comble de bonheur, les vagues du Kattegat, ainsi que celles de la Baltique, sont beaucoup plus courtes et plus abruptes que celles de l'Atlantique.

Seulement, cela ne confère pas le même prestige d'avoir affronté une tempête dans le Kattegat que d'avoir fait le tour du monde avec de doux alizés dans le dos. Au contraire. Celui qui aurait traversé la mer du Nord en pleine tempête simplement pour le plaisir serait considéré comme dérangé. Et à juste titre ! Mais cela ne change rien au fait que toutes les mers sont plus vastes et plus fortes que les hommes qui y naviguent, que ce soit sur un petit voilier, un ferry-boat comme l'*Estonia* ou un pétrolier de cent mille tonnes.

La seule qualité exigée pour être un héros, désormais, est d'être légèrement téméraire et d'avoir un culot monstre. N'importe quel salaud peut monter à bord d'un avion, vois-tu, et larguer à peu près n'importe quoi.

(*Kap Farväl!*)

J'aimerais que la mer soit une source d'inspiration en matière d'éthique et une façon de trouver du sens à une existence à terre. A mon avis, il y a beaucoup de choses utiles et précieuses à apprendre de la fréquentation de la mer. Entre autres l'humilité, la ténacité, la patience, la collaboration et la vigilance. Mais avant tout la liberté. C'est naturellement un paradoxe. Sur un bateau, on est prisonnier comme nulle part ailleurs. On ne peut rien faire d'autre que continuer à naviguer, si l'on veut survivre. Mais, en même temps, on est plus libre qu'en aucun autre endroit sur terre. Plus libre, devant l'horizon illimité, de rêver à toutes les vies possibles et impossibles. Libre aussi de rêver que la vie à terre – pour soi, pour tous les autres – puisse être aussi satisfaisante que sur un bateau bien équipé, sans destination précise, quand on a du temps devant soi...

Du cap de la Colère au Bout du monde

Le monde doit d'abord faire peau neuve, et cette merveilleuse nouveauté libératrice, il faut l'extraire par la ruse de l'âme des hommes. Avant cela, il ne pourra exister que des fragments éparpillés reliés de façon hasardeuse.

(Kap Farväl !)

De la bonne et la mauvaise entente à bord

— Est-ce que ce n'est pas dangereux, de vivre à bord d'un bateau ?

— Dangereux pour quoi ?

— Pour la bonne entente.

Ce bref dialogue, je l'ai eu avec quelqu'un à qui j'avais confié que Helle et moi vivions à bord du *Rustica* toute l'année, nuit et jour, par beau comme par mauvais temps.

Par la suite, j'ai souvent rencontré des réactions analogues. Plus d'une personne m'a confié, sans que je lui demande rien, son intime conviction que jamais – sauf à devenir fou – elle ne pourrait vivre aussi près de quelqu'un d'autre (et surtout pas de son mari ou de sa femme) que l'on est obligé de le faire quand on vit à bord d'un petit bateau.

Pourquoi les candidats à la vie commune ne vont-ils pas davantage vivre un certain temps en mer ? Ils sauraient rapidement s'il vaut la peine de se mettre en ménage.

Quoi qu'il en soit, il semble certain que la vie à bord d'un voilier révèle vite les manques et les limites en matière d'amitié et d'amour. Faire de la voile ensemble vous soude l'un à l'autre ou vous sépare pour de bon. Il n'y a pas de moyen terme.

Innombrables sont les bons amis qui, à leur arrivée aux Canaries ou dans les Caraïbes, ont mis leur bateau en vente et se sont quittés pour toujours. Combien de couples séparés et d'amitiés brisées ! Je connais deux hommes qui ont voulu partir ensemble pour la Méditerranée, à la voile. Cela s'est terminé par une violente empoignade.

A la lumière de cela, tout être soucieux de bonne entente se demande sûrement si le jeu en vaut la chandelle ? A cette question, seul l'intéressé peut répondre. Pour ma part, je réfléchirais à la valeur d'un amour ou d'une amitié qui ne supporte ni la proximité ni le silence.

Lorsque Sten et moi avons doublé Skagen, après avoir effectué quatre cent quatre-vingts milles à travers la mer du Nord depuis Buckie, nous avons eu le sentiment que le voyage était terminé. Le fait de devoir mener le *Moana* jusqu'à Kalvehave, au sud de l'île de Sjælland, pour boucler la boucle, nous faisait l'effet d'une pure formalité. Pourtant, ce fut peut-être la partie la plus pénible du périple, car elle nous a obligés à louvoyer durement pour franchir le Grand Belt. N'est-ce pas là que le capot avant s'est soudain ouvert, embarquant une quantité considérable d'eau ? Que nous avons pesté le plus contre un temps déplorable et que, à l'aube, après voir tiré deux bords de cinq milles, je me suis aperçu que, du fait d'un courant contraire, nous n'avions progressé que de trois milles ? N'est-ce pas là que le vent soufflait à force 6, au lieu du 4 prévu ?

Le plaisancier ne raisonne pas forcément de façon sobre et rationnelle. Le mauvais temps de la mer du Nord nous avait inspiré de la crainte et donc du respect et du sérieux. Mais du moment que nous ne courions plus de grands risques, nous nous sommes permis de maudire les « caprices de la météo ». Comme si jurer allait nous faire gagner plus rapidement le petit port de pêche de Dybvig, sur l'île de Femø, où les parents et les grand-parents de Sten étaient venus, dans leur vieux bateau de pêche, pour la rencontre annuelle de vieux gréements.

Nous y sommes arrivés, à la plus grande joie de Sten, en particulier. C'était une façon respectable de marquer notre retour, avons-nous estimé, au lieu de ramener directement le *Moana* à son port d'attache et de l'y laisser jusqu'à l'année suivante. Car, en fait, maintenant que l'inquiétude et l'angoisse de la traversée de la mer du Nord étaient derrière nous, nous ne désirions pas voir le voyage se terminer. Après Skagen, nous n'avons pas fait grand-chose d'autre que nous vautrer dans une nostalgie toute nouvelle. Au cours des périodes de navigation aussi bien que des visites portuaires entre Aalbæk et Dybvig – c'est-à-dire sur près de deux cents milles, nous n'avons fait que parler de l'Ecosse, des gens que nous avions fréquentés, et bien sûr des différents whiskies que nous avions goûtés. Nous récapitulions tout, jusqu'au moindre détail, sans doute par peur d'oublier.

Je suppose que Sten – qui, à l'époque, n'avait pas plus de vingt et un ans – a éprouvé une certaine fierté lorsqu'il est venu s'amarrer dans ce petit port de Dybvig, plein à craquer de coques de bois venues des anciens ports de pêche des îles du sud du Danemark. Sur le quai avait été dressée une tente destinée à abriter les festivités du club nautique local. Et la moitié de la famille de Sten l'y attendait.

En revanche, je me suis lourdement trompé en pensant que notre arrivée ferait sensation. Fort d'une expérience précédente, Sten, lui, n'a pas commis cette erreur. Le soulagement de la mère qui retrouvait son fils unique sain et sauf était évident, de même que la joie de sa grand-mère, mais l'intérêt suscité par notre retour était à peu près nul. L'oncle et le grand-père de Sten, l'un plaisancier invétéré et l'autre pêcheur professionnel, ne nous ont pas posé une seule question sur le déroulement de la traversée et n'ont pas jugé remarquable qu'un jeune homme de vingt et un ans vienne de faire mille six cents milles, dont plus de sept cents à travers la mer du Nord, sur un petit voilier au confort très spartiate. L'oncle s'est même lancé dans une évocation des énormes vagues et affreuses bourrasques qu'il avait affrontées au cours de ses sorties estivales dans le Kattegat.

Voilà, n'ai-je pu éviter de penser, un magnifique exemple de la loi de Jante, imaginée par Sandemose. « Ne va pas croire que tu es quelqu'un ! » J'ai longtemps été persuadé que celui-ci avait écrit son livre à partir de son expérience sur Møn et autres îles avoisinantes. Mais c'est hélas à celle de Mors, dans le Limfjord, qu'il songeait. « Hélas », parce que cela prouve que la zone de validité de la loi de Jante est plus vaste qu'on aurait pu le penser.

Environ un an plus tard, j'ai cherché à savoir si on n'avait pas demandé par la suite à Sten « comment ça s'était passé ». Nul dans son entourage ne semble s'être intéressé à ses expériences en mer.

Je trouve que c'est très injuste envers lui, même s'il l'a très bien supporté. Les expériences qu'il avait faites lui restaient et il les partageait avec moi.

Le même jour, à Dybvig, sa grand-mère m'a demandé brusquement :

— Vous vous êtes souvent disputés ?

En effet, Sten était connu dans sa famille pour avoir un tempérament assez emporté. Mais nous ne nous sommes pas disputés une seule fois, au cours de ce voyage. Quand nous étions de mauvaise humeur, chacun de nous a fait porter celle-ci sur lui-même, pas sur l'autre.

C'est l'une des raisons pour lesquelles la vie à deux à bord vous soude l'un à l'autre ou bien vous sépare pour toujours. Pendant les longues traversées, il faut choisir de se respecter et d'avoir des égards pour l'autre ou alors risquer de voir l'amitié prendre fin. On ne peut pas mettre des œillères et ne faire semblant de rien. Toute forme d'hypocrisie est démasquée impitoyablement et a pour seul et fatal résultat de saboter une relation.

Janne Robertsson a été mon équipier et skipper à temps partiel, à bord du *Moana*, au cours de la traversée qui nous a menés en France. Pendant deux mois, nous ne nous sommes pratiquement pas quittés. Nous avons eu d'âpres discussions à propos d'architecture et de béton et au sujet du choix de l'itinéraire, çà et là, mais rien d'autre.

Quelques années plus tard je lui ai demandé par téléphone s'il ne voulait pas venir me tenir compagnie, le long de la côte sud de l'Irlande, pendant une dizaine de jours. Il a aussitôt accepté et, tard un soir, je l'ai vu arriver avec son sac de marin. Il s'est installé en un quart d'heure et nous sommes restés à bavarder autour d'un whisky et d'une tasse de café jusqu'à une heure assez avancée de la nuit. Au bout d'une demi-heure, nous avons eu le sentiment que rien n'avait changé par rapport à la dernière fois.

Le lendemain matin, nous avons appareillé par une brume de chaleur et un bon vent d'est, effectuant les manœuvres presque sans dire un mot. Pour utiliser un cliché, je dirais que nous partagions le sentiment d'avoir dans le sang une sorte de faculté naturelle de collaboration.

On ne peut que se réjouir profondément qu'il soit possible d'être unis au point de ne plus avoir à se poser de questions pour que tout fonctionne. Mais le plus étrange est peut-être qu'un équipage parfaitement soudé n'a pas besoin, non plus, de se soucier d'avoir des égards pour l'autre. Cela fait partie de l'alchimie de la soudure, qui, sans ces égards, céderait avant même de prendre.

Par respect pour la vérité, il convient pourtant d'ajouter une chose qui n'est pas sans importance : il n'est pas certain que cet esprit de corps qui se manifeste et s'approfondit en mer soit le même à terre. Pas plus qu'il n'est certain qu'une amitié nouée à terre implique que l'on puisse naviguer ensemble. Les navigateurs au long cours, en particulier, sont connus pour êtres des solitaires assez fantasques. Pourquoi marins et pêcheurs ont-ils, de tout temps, eu tant de mal à s'adapter à une vie sur le continent ?

Pour un marin, il n'existe pas de mœurs absolues, écrit Harry Martinson. *D'ailleurs, il n'est pas sûr du tout qu'il aime son pays, c-à-d le morceau de terre dans lequel ses propres mœurs sont légalement enracinées.*

Beaucoup de gens croient par exemple que les pirates célèbres étaient des criminels ou repris de justice ayant fui leur pays pour échapper au châtiment. C'est une erreur. Les pirates étaient d'abord des marins et ensuite des délinquants. A bord, ils ne toléraient ni les voleurs ni les assassins. Ils faisaient valoir – et il faut supposer qu'ils avaient de bonnes raisons pour cela – qu'il est plus facile de transformer d'honnêtes marins en pirates que de faire des marins de criminels.

Ensuite, on peut bien entendu se demander ce qui pousse certains et pas d'autres à prendre la mer. Ce serait peut-être un excellent sujet de thèse ou projet de recherche. Mais, comme toujours quand il s'agit des êtres humains, la réponse est sûrement trop complexe pour consister en autre chose qu'une série d'hypothèses et des devinettes plus ou moins appropriées.

On peut procéder à des hypothèses sur les faits, sur les vents. On peut tenter de deviner combien de brins d'herbe se trouvent sous un baquet renversé et combien de moules dans telle ou telle baie.

Mais il serait stupide de tenter de se livrer à des devinettes à propos de l'être humain. Il sera toujours plus malin que vous.

(Resor utan mål)

Rien à ajouter.

Deux mouillages dans les Hébrides extérieures

Helle et moi sommes partis de Tobermory, sur l'île de Mull, dans le but de doubler pour la première fois Ardnamurchan Point, cap au-delà duquel ont dit que commence véritablement la navigation. Quand, dans le sud dc l'Ecosse, on rencontre un voilier portant sur son balcon avant un bouquet de bruyère, on sait qu'il est allé « au nord d'Ardnamurchan », où l'on est livré à son propre jugement et à son énergie personnelle. De là jusqu'au cap de la Colère il n'existe pas un seul port ou mouillage à l'abri des vents. On s'aventure là-bas à ses risques et périls.

Nous avions écouté plusieurs bulletins météo de suite et décidé que le jour était venu de nous exposer à la houle de l'Atlantique. Nous n'étions d'ailleurs pas les seuls à le penser et d'autres que nous avaient saisi la chance de gagner les îles les plus éloignées avant que la dépression suivante ne vienne balayer l'Ecosse.

Un vieux couple de Tobermory nous avait dit que la meilleure façon de décider s'il était possible de doubler Ardnamurchan était d'observer les vagues à New Rocks. Si elles déferlaient, le micux était de mettre le cap en sens inverse.

Ce jour-là, il n'y avait pas l'écume du moindre brisant. Lorsque l'Atlantique s'est ouvert devant nous, nous avons plongé le regard dans un épais banc de brume laiteuse comme de la nacre, sous les rayons d'un beau soleil brillant à l'est. Cette brume semblait s'éloigner au fur et à mesure que nous avancions. A tribord se trouve l'île de Rhum, la plus grande et la plus impressionnante de celles qu'on appelle *The Small Isles*, uniquement parce qu'elles sont plus petites que Mull et Skye, sans être petites pour autant. Lorsque nous avons aperçu pour la première fois le sommet de Rhum, qui culmine à huit cents mètres, nous avons naturellement pensé que c'était Skye et non pas une de ces « petites » îles portées sur la carte. Aussi avons-nous cherché des îlots peu élevés, avant de nous rendre compte que nous avions interprété la carte de travers à cause de l'un de ces noms. Nous avons ainsi appris cette vérité, peut-être banale mais fort importante, qu'il faut posséder un étalon pour décider de ce qui est grand et petit. Malgré de précédentes visites, nous n'avions pas encore saisi les dimensions exactes de l'Ecosse. Nous avions toujours à l'idée les îles basses du Danemark et les écueils du Bohuslän.

Toute la journée, nous avons donc longé les sommets brun-rouge et dénudés de Rhum, tandis que le soleil faisait disparaître les derniers restes de brume. C'est dans ces parages que nous avons vu notre première baleine faire surface dans les goulets séparant les îles.

Vers deux heures, le détroit entre Canna et Rhum s'est ouvert devant notre étrave, tandis que le vent, déjà faible, cessait totalement de souffler. La puissance du courant contraire nous a donc obligés à terminer ce trajet au moteur. A trois heures, nous avons pénétré lentement dans la lagune qui se trouve entre Canna et Sanday. Tout était calme et paisible. Un seul autre voilier était là avant nous. Plus tard dans la journée, deux autres sont arrivés et, au coucher du soleil, nous étions cinq, mais aucun ne perturbait la paix profonde de ce lieu.

Arrivés sur place parmi les premiers, nous étions déjà allés à terre. Du sommet de Canna, nous avons pu jouir d'un panorama qui s'étendait à perte de vue. Au nord, se dressaient les montagnes de Skye, culminant à mille mètres. A trente-cinq milles à l'ouest nous distinguions les contours des Hébrides extérieures les plus méridionales : Barra, South et North Uist. Au sud-ouest, la mer. Au sud-est se trouvaient Mull et, derrière celle-ci, la pointe céleste du Ben Nevis, couverte de neige. A peu près à l'est se dressait la pyramide irrégulière de Rhum, d'un brun tirant sur le rouge. Derrière Rhum, c'était la terre ferme écossaise, couronnée de légers cumulus blancs semblables à des cristaux de neige. A nos pieds, enfin, nous avions les eaux paisibles de ce port naturel qu'offre le détroit entre Canna et Sanday, communément désignées sous le nom unique de Canna.

Le soir est tombé dans le recueillement de son absence de vent et de sa lumière septentrionale. Attablés autour d'un whisky, à bord du *Rustica*, nous avons parlé de l'Ecosse et de Canna avec Gordon.

Canna est l'une des îles les plus négligées des Hébrides. Il n'existe aucune ligne régulière la reliant au continent. Depuis plus de quarante ans, elle est la propriété de John Lorne Campbell, qui se bat depuis longtemps pour y rester, avec une poignée d'habitants totalement livrés à eux-mêmes, mais se heurte à l'indifférence et l'incompréhension générales. A quoi bon vivre sur une île comme Canna ? doivent se demander les autorités d'Oban et de Glasgow. Si Campbell et les autres îliens n'avaient pas pris la chose en main et s'ils s'étaient donc contentés de diverses subventions et mesures d'assistance passagères, leur lutte serait depuis longtemps perdue. Mais ils ont construit seuls une jetée permettant d'assurer le transport du bétail destiné à l'abattoir. Ils entretiennent eux-mêmes l'unique route de l'île et ont plusieurs fois réparé la passerelle entre Canna et Sanday après les rudes tempêtes hivernales. Ils ont fait ce qu'ils ont pu pour pouvoir vivre loin de notre réalité, avec ses embouteillages, ses supermarchés, ses modes vestimentaires, ses restaurants, ses quotidiens, ses crèches, ses stations-service, ses bibliothèques et ses cinémas. Sur toutes les îles au large des côtes il existe des gens comme eux, qui ne cesseront jamais de lutter pour pouvoir rester là où ils sont.

Gordon, lui, habitait près de Glasgow, où il avait un temps partiel comme pompier. Ses loisirs, il les consacrait à sa passion : l'Ecosse. Bien que fort peu fortuné, il versait chaque mois une centaine de couronnes au National Trust. Il nous a demandé si nous avions pu aller voir la vieille église qui se trouve à la pointe orientale de l'île et sa tristesse de la voir tomber en ruine, elle aussi, était manifeste.

Nous avons rencontré d'autres Gordon, au cours de nos voyages en Ecosse. Des gens « ordinaires » parlant de leur pays comme on ne le fait pas en Suède ou en France. Peut-être est-ce le fait du hasard, mais je n'ai jamais rencontré un Scanien se souciant de savoir si les régions écartées du Norrland, les îles les plus éloignées de l'archipel de Stockholm et les forêts du Värmland étaient habitées en dehors de la période des vacances.

Mais il m'arrive aussi de penser que l'amour que les Ecossais portent à leur pays est le fait de celui-ci et non de ses habitants. Dans son livre *Hebridean Connection*, Derek Cooper écrit qu'il existe « peu d'endroits au monde qui aient la même capacité que les Hébrides de rendre la nature plus belle qu'elle n'est. Cela est lié aux rayons ultraviolets et à l'intensité de la lumière. Le pouvoir magique qu'elle possède de magnifier le paysage et de renforcer les couleurs est sans équivalent par ailleurs ».

Le lendemain, lorsque nous nous sommes réveillés, la brume était tombée sur Canna et Sanday. Les grandes îles, Skye et Mull, avaient disparu, ainsi que les petites, Rhum, Eig et Collonsay, comme si elles n'avaient jamais existé.

Nous avons entrepris une longue promenade sur les rochers de Sanday. Nous avions simplement l'intention de faire le tour de l'île au bord de l'eau (comme si nous n'avions pas encore assez de la mer; c'est ainsi que nous avons effectué presque toutes nos marches). Mais nous avons été obligés de faire demi-tour car, après avoir escaladé une pente, nous nous sommes soudain trouvés nez à nez avec une vingtaine de vaches des Highlands qui sont sorties de la brume un peu comme des bœufs musqués, avec leurs puissantes cornes torsadées et leur long pelage. Nos efforts pour les regarder commc des vaches ordinaires furent vains. Elles ressemblaient toujours à de redoutables monstres préhistoriques. Nous avons donc battu en retraite et sommes revenus par le même chemin, mais avec un souvenir d'Ecosse supplémentaire.

Le lendemain, à notre réveil, la brume avait été dissipée par un bon vent du sud. Le soleil brillait de tout son éclat. De légers cumulus dérivaient au-dessus de nos têtes. Nous avons levé l'ancre non sans mal, à cause des algues, et mis le cap sur les Hébrides extérieures, qui étaient notre but ultime pour ce voyage.

A l'aide du guide de la *Clyde Cruising Association*, nous avions sélectionné Loch Skipport, sur South

Uist, comme première escale. Celui-ci était relativement facile à identifier et à aborder. Une fois à l'intérieur, ce n'étaient pas les bons mouillages bien abrités qui manquaient.

Dans l'air d'une pureté cristalline, nous n'avons pas eu de mal, à une vingtaine de milles de Canna, à repérer le mont Hekla, juste au sud de Loch Skipport. Il suffisait de mettre le cap droit sur lui, sous une bonne brise, pour avancer assez vite. Nous possédions désormais un navigateur Decca pour nous aider même si, d'après tous les almanachs de navigation, il vaut mieux ne pas s'y fier, dans les Hébrides extérieures.

Vers cinq heures, alors qu'il ne nous restait plus que cinq milles à couvrir, il a en effet donné des signes de perturbation. Mais nous avions déjà repéré l'entrée du fjord, entre des masses de rochers couvertes de mousse, de bruyère et de fougères. Pas un seul arbre en vue aussi loin que l'œil pouvait porter. Le gris des rochers, le bleu profond du ciel et de la mer et le vert clair d'une végétation tourmentée par le vent sont les seules couleurs de ce paysage.

Tandis que nous approchions de la terre, le vent a molli ; à l'entrée de Loch Skipport, il a forci de nouveau sans doute du fait du mont Hekla, qui est célèbre pour ses violentes rafales lorsque le vent vient de l'ouest. A cinq heures et demie nous mouillons l'ancre au milieu d'un bassin presque totalement clos, grand comme deux terrains de football à ceci près qu'il est rond, et portant le nom de Cadan Mor. Nous sommes seuls, accompagnés par quelques phoques qui montrent le bout de leur nez sitôt notre moteur arrêté. Ils font le tour du bateau et viennent nous observer avec curiosité.

Quand nous gagnons la terre à bord de l'annexe, un peu plus tard, ils nous suivent. A un moment, il y a derrière nous quatre têtes de phoque, bien alignées. Nous montons sur une hauteur, pour voir l'Atlantique s'ouvrir devant nous, à l'ouest. Au nord-est se dressent les masses rocheuses de Skye. L'air ressemble à du verre qui vient d'être soufflé, comme toujours lorsque le soleil brille.

Le soir, le vent faiblit à nouveau. Les seuls bruits sont ceux des phoques qui plongent et soufflent, d'une mère mouette inquiète qui crie au-dessus de la mer et des quelques corneilles qui croassent à terre. La paix est totale, comme si le monde n'existait pas hors de Cadan Mor.

Nous y restons jusqu'à épuisement de nos provisions. Au cours de ces journées, nous n'avons vu que deux autres bateaux venir mouiller dans des bassins semblables de Loch Skipport et un pêcheur sur un bateau non ponté à moteur hors-bord, venu pour relever ses filets. Rien d'autre en fait d'êtres humains et de machines. Et pourtant nous sommes aux environs de la Saint-Jean, c'est-à-dire au début de la saison de plaisance.

Lorsque nous sommes allés en Ecosse pour la seconde fois, nous n'avions pas de plus cher désir que de parvenir jusqu'aux Hébrides extérieures. On peut à juste titre se demander pourquoi. Pourquoi cingler vers des îles rudes, dénudées, connues pour leur climat détestable ?

La réponse tient en un mot : le rêve. Le rêve de vivre quelque chose d'incomparable, qui laisse des traces indélébiles dans le cœur et l'âme et que ne pourront jamais rendre ni le livre, ni le cinéma, ni la télévision. Rien à voir avec la réalité virtuelle, comme on appelle maintenant les vues en trois dimensions, mais la simple et pure réalité qui n'a pas été altérée par la rapacité de l'homme – et qui possède plus de trois dimensions, elle.

Mais ce genre de rêve n'est pas facile à réaliser, même à bord d'un voilier. Au moment où on s'y attend le moins surgit un monsieur à bord d'un gros yacht de luxe, avec ou sans voile, qui a coûté plusieurs millions pour ne servir que quelques semaines par an. A moins que ce ne soit un barreur au gros ventre lançant ses ordres à une épouse pétrie d'angoisse qui doit freiner gaffe en main un bateau pesant plusieurs tonnes. Pour ne pas parler de ces groupes d'hommes d'un certain âge qui se soûlent à en perdre l'esprit, vocifèrent et hurlent de rire – mais pas de joie. Et la journée est gâchée.

Pour qui veut fréquenter modérément les êtres humains et connaître en même temps la beauté et la tranquillité, il ne reste plus beaucoup d'autres destinations à choisir que celles qui ont mauvaise réputation sur le plan climatique.

Dans les Hébrides extérieures, il existe des milliers de mouillages de ce genre, aussi solitaires que Loch Skipport. On pourrait sillonner ces îles à la voile pendant les étés d'une vie entière sans avoir tout vu ni être rassasié.

Il y a certes des semaines où la pluie ne cesse de tomber à verse d'un ciel d'un gris uniforme et où le vent finit par lasser vos oreilles. Il peut y avoir des jours où on aimerait se trouver sur des eaux plus chaudes et plus immédiatement accueillantes, peut-être même sur des plages, dans des cafés ou autres endroits où l'on peut mener une vie nocturne en t-shirt.

Mais, tout d'un coup, le ciel se découvre et on se demande, stupéfait, si l'on n'était pas fou de vouloir se trouver ailleurs qu'aux Hébrides. Par chance, la plupart des gens répondent oui à cette question. Par chance, l'Ecosse septentrionale continuera longtemps encore, sans doute, à être aussi rude, éventée, pluvieuse et froide que toujours. Par chance, des port naturels comme Canna et Loch Skipport souffriront toujours d'un manque cruel de fréquentation maritime.

On allumait alors une petite cigarette et on s'interrogeait. On était si puissant et si petit qu'on était au bord des larmes.

(*Kap Farväl!*)

Etre à bord d'un petit bateau sur la vaste mer

Quand Helle se réveille, vers cinq heures du matin, il ne nous reste guère que quatre-vingts milles pour rallier Fraserburgh, en Ecosse. Au cours de mon quart de nuit, j'ai piloté le bateau à travers un paysage surnaturel de plates-formes pétrolières illuminées comme des sapins de Noël. C'est un curieux sentiment qui s'empare de vous, à l'idée que des milliers de personnes vivent, habitent et travaillent ainsi au milieu de la mer. Comme si l'on traversait une ville à la voile.

Pourtant, cette ville est totalement inaccessible. Les plates-formes se dressent à trente mètres au-dessus de la surface et même si nous en avions le droit – or elles sont entourées d'une zone de sécurité de cinq cents mètres – il serait impossible d'accoster et d'échanger quelques mots. Au milieu de la mer, les passagers du *Rustica* et les occupants de ces plates-formes appartiennent à deux mondes entièrement différents : l'un, à haute technologie, est suspendu entre ciel et mer, avec vidéo et hélicoptères, appareils de soudage et restaurant, logements et tables de ping-pong, temps de travail et réclusion ; l'autre, le nôtre, est exposé à tous les risques, grandiose et capricieux, plein d'enthousiasme et d'angoisse, en perpétuelle mutation et rien n'y est jamais acquis.

A l'aube, les plates-formes ont disparu. Le soleil monte dans un ciel sans nuages. La surface de la mer est légèrement ridée. Il nous reste quatre-vingts milles et deux cent soixante sont derrière nous. Si cela continue ainsi, nous pourrons nous estimer heureux. Jusque-là nous avons eu un vent modéré, un peu de brume et de pluie, aucun orage, pas de quoi faire d'une traversée en pleine mer une pénible odyssée.

A six heures moins dix, Helle capte le bulletin météo de la BBC. Il nous fait l'effet d'une douche froide, au milieu du calme paisible et ensoleillé de la mer. On nous annonce en effet un *avis de coup de vent* du sud-est, force 8. Nous nous regardons, incrédules. La mer ne pourrait pas être plus accueillante, elle est presque plate, dépourvue de houle et ne présente pas le moindre signe avant-coureur de tempête. Je demande alors à Helle :

— Est-ce qu'ils ont dit à quelle heure ?

— Non.

Cela signifie que nous devrions avoir une douzaine d'heures devant nous avant que cela ne se déchaîne. C'est toujours cela, mais ce ne sera pas suffisant pour nous permettre d'arriver au port à temps. Nous ne pouvons guère espérer marcher à plus de cinq nœuds et demi. Nous faisons le compte. A ce rythme, il nous restera une dizaine de milles lorsque cela se mettra à souffler pour de bon. Il fera nuit et la marée sera contre nous, tandis que nous doublerons Rattray Head sur des eaux réputées difficiles par vent fort. C'est dans ces parages que deux bateaux de sauvetage ont coulé corps et biens. C'est marqué en toutes lettres dans l'almanach. Pourrons-nous même pénétrer dans le port de Fraserburgh, si nous y arrivons ? En outre, nous serons plein vent arrière. Difficile d'envisager des perspectives plus sombres.

Combien de plaisanciers se sont posé la même question que nous : quelle est la meilleure conduite à tenir, après un avis de coup de vent ? Combien ont senti leur cœur se serrer à l'idée que tout allait être très différent, dans quelques heures ? Combien sont restés assis là, à s'interroger vainement : combien de temps durera ce coup de vent, de quelle direction viendra-t-il, le vent forcira-t-il, comment se présentera la mer à l'entrée du port ? Un faible espoir subsiste : une erreur de la météo qui incite les gens à partir en excursion par une pluie battante. Mais la seule certitude, en pareil cas, c'est que la météo ne risque guère de se tromper. Si la vitesse et la direction du vent peuvent varier légèrement par rapport aux prévisions, le mauvais temps survient toujours, une fois qu'il est annoncé.

Nous nous sentons en vérité bien petits, nous aussi, sur notre petit bateau. Quel choix avons-nous ? Attendre ou continuer, rester sur place et affronter la tempête sous voiles réduites ou continuer à naviguer.

Cette fois-là, nous avons continué. Pendant toute la matinée, nous avons avancé au moteur, à pleine vitesse, sur cette mer d'huile. C'est seulement vers midi que le vent s'est levé suffisamment pour faire quelques vagues. Nous avons alors pris deux ris dans la grand-voile et un dans le foc. Nous avons saisi et arrimé tout ce qui traînait. Le bulletin météo de treize heures, à la BBC, a définitivement ruiné nos espoirs. Et cette fois l'avis est *imminent*. Le coup de vent peut survenir au cours des six prochaines heures.

Pendant tout l'après-midi, les vagues enflent lentement mais sûrement. Cela souffle du sud-est et nous marchons donc plein vent arrière, exactement comme la fois précédente à bord du *Moana*, avant notre arrivée à Fraserburgh. Mais nous avions déjà compris que, cette fois-ci, ce serait pire.

Pour l'instant, le pilote automatique donne encore satisfaction, malgré le fait que nous avons plein vent arrière. Pour le non-initié, cette expression signifie que le vent souffle droit de l'arrière et qu'il y a un risque d'empannage involontaire si l'on ne fait pas très attention, c'est-à-dire que le vent vient frapper l'arrière de la grand-voile et la projette violemment du côté opposé, si fort que, dans le pire des cas, cela peut briser le mât.

Le pilote automatique a de plus en plus de mal à tenir le cap. Sous les rafales les plus violentes, nous commençons à remonter au vent de façon inquiétante. Dans notre cas, avec un bateau à quille longue comme le *Rustica*, le calme relatif et la vitesse modérée dont nous jouissions alors que nous naviguions plein vent arrière se transforment en une pression beaucoup plus grande sur les voiles, des gerbes d'écume, une gîte plus prononcée et une allure extrêmement rapide.

A peu près au moment où le pilote automatique se met à défaillir, je découvre à mon grand effroi que l'ancre d'étrave, lourde de quinze kilos, risque de tomber à la mer. Les boulons qui la maintiennent se sont détachés et elle donne l'impression de vouloir passer par-dessus bord. J'imagine aussitôt la pointe de la patte qui vient cogner contre le franc-bord et le perce.

C'est précisément dans ce genre de situation que l'on commet des erreurs. Quand on ne réfléchit pas, on s'expose à un danger dans le seul souci d'en éviter un autre. Cette fois-là, j'ai eu assez de présence d'esprit pour attacher mon harnais au *life-line* qui court le long du pont. Mais j'aurais aussi bien pu me précipiter à l'avant sans me préoccuper de ma propre sécurité. Qu'est-ce qui aurait été le plus grave ? Un trou dans la coque ou un homme à la mer à cause d'une vague un peu vicieuse ?

J'ai quelques difficultés à détacher l'ancre de sa chaîne, étant donné que la manille est fixée avec du fil de fer, et je la traîne vers l'arrière à quatre pattes. J'ouvre l'écoutille du cockpit et cale l'ancre entre les sacs de voiles. Après cela, il est grand temps de prendre pour de bon le relais du pilote automatique. Sous les bourrasques les plus violentes, le *Rustica* a commencé à remonter au vent, au point que nous naviguons presque vent de travers et qu'il se cabre tel un cheval emballé, avant que le pilote automatique ne réagisse. Pour compenser, il a poussé un peu trop la barre, ce qui nous a amené dangereusement près de l'empannage.

C'est un bel exemple, riche d'enseignements, des limites de la technique. Le pilote automatique moderne est un appareil très sophistiqué, doté d'une mémoire d'éléphant. En effet, il tient compte des vagues ou plutôt du comportement du bateau sur l'eau et enregistre les informations sur les changements de cap.

Mais pourquoi ne peut-il soutenir la comparaison avec un barreur humain ? Ce n'est ni une question de force, il existe des pilotes automatiques capables de développer une force de soixante-quinze kilos-force, ni de fatigue. Un pilote automatique n'a besoin ni de dormir ni de manger, il lui suffit d'être approvisionné en électricité. En revanche, il ne peut prévoir ce qui va se passer ni faire des exceptions à la règle.

Le barreur humain possède en effet cet avantage inappréciable : il voit ce qui se passe devant lui – ou, dans le cas présent, derrière – et peut compenser l'effet d'une grosse vague abrupte avant qu'elle ne s'abatte sur le bateau. En outre, le pilote automatique ne peut, comme je l'ai déjà dit, tirer des conséquences que de ce qui se produit régulièrement. On pourrait dire qu'il est intransigeant sur les principes. Les humains, du moins ceux qui ne se soucient pas de régir la bonne et la mauvaise fortune des autres, ont en revanche cette qualité extrêmement précieuse et très énigmatique : repérer une vague différente des autres et décider que tel ou tel phénomène constitue une exception à toutes les règles. C'est d'ailleurs ce qui a constitué le principal obstacle à l'implantation de l'intelligence artificielle dans les ordinateurs. Ceux-ci ne peuvent faire autrement que de suivre des règles, alors que l'être humain est capable de s'en écarter parfois, sans pour cela être fou.

Nulle part cette qualité n'est plus utile que lorsqu'on tente de piloter un navire au milieu d'un chaos de vagues écumantes dans lequel chacune constitue une exception à toutes les règles.

A huit heures, je prends donc le relais du pilote automatique pour le reste de la soirée ou de la nuit. En même temps, nous fermons la porte de la cabine et Helle s'installe à la table de navigation pour nous mener à bon port à l'aide du Decca. Nous nous sommes réjouis d'avoir changé les panneaux de descente en bois contre une plaque de Plexiglas épaisse d'un centimètre et le panneau coulissant contre une claire-voie. Ainsi, la descente est étanche et, peut-être plus important encore, nous pouvons rester en contact visuel à travers le Plexiglas. Il ne serait pas très agréable pour Helle ni pour moi de devoir passer les heures à venir dans des univers totalement séparés. Le seul fait que Helle peut s'assurer de la hauteur des vagues à l'arrière du bateau avant d'ouvrir la porte pour me dire quelques mots ou pour me passer une cigarette vaut son pesant d'or.

Non que nous ayons beaucoup à nous dire. Chacun de nous est suffisamment occupé de son côté. Mes yeux vont du compas aux pennons de laine des haubans, qui me disent à tout moment de quelle direction le vent frappe les voiles. Je n'ai en effet rien d'autre à faire qu'à m'assurer que nous n'empannions pas involontairement.

Mais plusieurs facteurs viennent me compliquer la tâche. Tout d'abord, comme le savent tous ceux qui ont fait de la voile, ce qui, à un moment, représente un cap sûr avec des marges suffisantes peut, sous une bourrasque inattendue, risquer de causer un empannage – si vous ne compensez pas comme il le faut à la barre.

Ensuite, nous sommes bâbord amures, ce qui veut dire que la grand-voile est orientée vers tribord. Je dois donc faire très attention à ne pas pousser la barre plus que nécessaire vers tribord, car c'est là que réside le risque d'empannage. Sur bâbord, il n'y a bien entendu aucun risque. Si ce n'est le fait que la terre se trouve à bâbord et qu'il ne faut pas trop nous en approcher.

On comprendra que je ne disposais pas d'une importante marge de manœuvre. Pour ne pas trop approcher de la terre, je dois gouverner vers tribord autant que possible, mais pas au point de risquer d'empanner. Il est d'autant plus nécessaire de respecter ce délicat équilibre que le courant de marée ne va pas tarder à venir du nord et nous pousser inexorablement vers la terre, quelques heures plus tard.

Comme si cela ne suffisait pas, nous devons aussi veiller à ne pas trop approcher des hauts-fonds, car ils rendent toujours les vagues encore plus dangereuses. Au large de Rattray Head, les cartes marines aussi bien que les almanachs mettent en garde contre ces hauts-fonds en ces termes : « *breaks heavily in rough sea* ». C'est la tâche de Helle de me diriger de façon que je ne mette pas le cap droit sur eux. De temps en temps, elle passe la tête pour me donner un nouveau cap. Les pires moments sont naturellement ceux où elle me dit de barrer quelques degrés de plus vers tribord si je le peux.

J'ai de quoi m'occuper, avec le risque d'empannage, la marée, la terre et les hauts-fonds. A cela s'ajoute la tombée de la nuit et le fait que le ciel semble prêt à s'ouvrir n'importe quand et à déverser sur nous un déluge.

Vers neuf heures du soir, les vagues sont très grosses et commencent à briser en grondant. En revanche, le vent ne paraît pas déchaîné, car il est dans notre dos et nous avançons nous-mêmes à la vitesse de six ou sept nœuds lorsque nous plongeons dans un creux. Nous n'y parvenons d'ailleurs jamais de notre propre fait, car les vagues roulent plus vite que nous (la situation inverse, c'est-à-dire lorsque le bateau avance plus vite que les vagues, est très dangereuse : on risque de planter l'étrave du bateau dans la vague de devant à pleine vitesse et donc d'être freiné brutalement, avant d'être saisi par la vague suivante et de saucir !). Au fond de chaque creux, c'est presque le calme plat, avant que la vague suivante ne nous hisse à nouveau vers le ciel gris-bleu.

Le vent continue à forcir.

Je demande à Helle de prendre contact avec les garde-côtes d'Aberdeen par radio. Peut-être pourra-t-elle obtenir des renseignements sur la façon dont le temps va évoluer et surtout sur le moment où le vent atteindra sa force maximum. C'est assez irréel de la voir parler à la VHF, derrière le Plexiglas, sans l'entendre.

La mine navrée, elle me rapporte qu'ils n'ont rien pu lui dire sur le vent. En revanche, ils l'ont avisée qu'il faudrait nous tenir au moins à cinq milles de la terre, qu'il n'était pas pensable de pénétrer dans le port de Fraserburgh et que nous devions leur promettre de les tenir informés de notre marche et de notre éventuelle arrivée dans un port.

Par la suite, une fois amarrés, Helle m'a dit la vérité. Entre autres choses, les garde-côtes lui avaient demandé combien nous étions à bord. Elle leur avait répondu « deux » et s'était attiré la réplique très britannique : « *oh* ». On peut imaginer que, dans les mêmes circonstances, un Américain aurait dit : « *oh shit !* » Ce n'était guère encourageant mais, heureusement, j'ignorais cela, tandis que je m'efforçais de barrer de mon mieux, dans ce crépuscule d'un gris d'acier.

Mon expérience précédente s'est malgré tout révélée utile. Sten et moi avions en effet également eu un fort vent arrière du sud-est, même s'il n'avait pas été tout à fait aussi violent, lorsque nous avions approché de Fraserburgh sur le *Moana*, quelques années auparavant. Cette fois-là, nous nous étions trouvés à l'abri derrière Rattray Head et avions pu rallier Fraserburgh comme prévu. Pourquoi ne serait-ce pas possible cette fois aussi ? Helle a appelé la capitainerie du port, lui a expliqué la situation et lui a demandé s'il était possible de pénétrer dans le port. On lui a répondu, avec un bel accent écossais roulant bien les « r » :

— *No prroblem, no prroblem !*

Mais cette déclaration ne visait que l'entrée du port elle-même et non le chemin jusque-là qui posait, lui, quelques « *prroblems* ». Pour arriver à Fraserburgh, nous ne pouvions faire autrement que de nous rapprocher de la terre et donc de fonds relativement hauts. Ainsi que de ces bancs à propos desquels les almanachs nous mettaient spécialement en garde contre les brisants en cas de fort vent de mer.

Je ne saurais dire si c'est parce que nous nous sommes trop approchés d'un de ces bancs, mais j'ai soudain vu, aux derniers rayons de la lumière du soir, le *Rustica* se cabrer sur une vague plus haute et plus abrupte que celles que nous avions eues jusque-là. Et, derrière celle-ci en venait une autre, puis une autre, puis encore une autre, toutes couronnées de crêtes brisant bruyamment. J'arrive à parer les deux premières en laissant le *Rustica* les prendre de la hanche. Contre la troisième, il n'y a rien à faire, du moins qui soit dans mes capacités de barreur. Elle se brise avec fracas légèrement à l'arrière du *Rustica,* déversant au passage quelques centaines de litres d'eau dans le cockpit et vient frapper le Plexiglas de l'entrée. Une fois l'eau écoulée, je vois le visage inquiet bien qu'indistinct de Helle derrière la vitre mouillée. Je lui adresse un signe de tête pour lui faire comprendre que tout va bien. La quatrième vague, nettement moins grosse que les précédentes, est déjà passée.

Le danger était écarté pour cette fois et nous avons continué comme avant, toujours au même poste.

Par la suite, je me suis félicité d'une autre mesure prise longtemps auparavant : j'avais inséré les instruments du moteur et la clé du démarreur dans une boîte en Plexiglas à joints en caoutchouc. Sur le *Rustica*, instruments et clés sont situés juste sous la descente et ils ont naturellement reçu la vague de plein fouet. Il n'aurait pas été très drôle de devoir accoster à la voile lors de notre arrivée à quai parce que nous ne pouvions pas mettre le moteur en marche.

Un instant plus tard, je sens la présence de quelque chose à la droite de mon champ visuel. Je dois reconnaître que je n'avais pas accordé trop d'attention à la présence éventuelle d'autres navires. Il n'y avait pas de grands ports de commerce dans la région et personne ne pouvait être stupide au point de prendre la mer par un temps pareil.

Mais si.

En tournant la tête je découvre, à ma stupéfaction, un grand chalutier de haute mer venant en sens inverse à quelques centaines de mètres à tribord. Un instant plus tard, il était enfoui sous les masses d'eau et d'écume, avant de réapparaître et de continuer sa route, cap à l'est, droit vers la mer du Nord, à travers des vagues de cinq à sept mètres. J'étais partagé entre trois sentiments : d'abord le soulagement mêlé d'effroi que nos trajectoires ne se coupent pas. Aurais-je pu virer, sinon ? Et le chalutier ? Ensuite l'étonnement. Nous deux, à bord du *Rustica*, ne demandions rien d'autre que d'être au port, alors que l'équipage de ce chalutier prenait la mer, par ce temps-là, pour travailler. Pour eux, c'était un jour comme les autres. Enfin, je me suis dit qu'ils avaient dû être avisés que ce coup de vent n'allait plus durer longtemps. Cela m'a un peu consolé.

Une fois le chalutier hors de vue, nous avons poursuivi notre marche vers l'avant dans des ténèbres désormais compactes. A ce stade, Helle portait notre position et notre cap sur la carte toutes les dix minutes, à la fois, je pense, pour savoir où nous étions et pour ne pas rester sans rien faire dans cette cabine hermétiquement close.

Pendant ce temps, nous ne cessons de nous rapprocher de la côte, malgré la mise en garde des gens d'Aberdeen, même si nous avons attendu d'avoir Fraserburgh par le travers avant de mettre le cap sur le port. Je ne saurais dire à quel moment j'ai été sûr que la mer se calmait légèrement. Mais, si je me souviens bien, nous apercevions déjà des lumières à terre. Ce qui n'était, malgré tout, que d'une importance secondaire. L'essentiel était que nous étions maintenant à l'abri de Rattray Head et que nous devions, en principe, pouvoir rallier le port de Fraserburgh. Je dis bien « en principe » car les vagues étaient toujours grosses, même si elles avaient perdu une grande partie de leur poids et de leur caractère dangereux et il nous fallait encore trouver une ouverture de quarante mètres de large, derrière des brise-lames de dix mètres de haut, alors qu'il faisait noir comme dans un four.

En outre, le vent ne semblait pas mollir. Au contraire. Il nous restait un mille et demi à parcourir. Helle venait de me donner un cap qui devait nous mener droit vers l'entrée du port. Etant donné que nous allions vent de travers, nous volions vers l'avant à la vitesse de sept à huit nœuds, malgré nos sept tonnes, notre quille longue, notre grand-voile à deux ris et notre foc à un ris. C'est alors qu'il ne nous restait plus qu'une vingtaine de minutes que j'ai senti le vent forcir encore en l'espace de quelques instants. J'ai fait signe à Helle de venir me trouver, lui ai dit ce qu'il en était et ajouté que nous allions devoir amener la grand-voile. Non seulement parce que nous portions trop de toile, mais surtout et avant tout parce que je m'étais avisé que nous allions de nouveau avoir vent arrière lorsque nous virerions pour entrer dans le port. Je voyais déjà le *Rustica* y pénétrer à la vitesse de huit à neuf nœuds, avec très peu de place pour manœuvrer.

J'ai à peine attendu que Helle tienne la barre pour m'attacher et monter sur le pont. J'ai en même temps prononcé ces quelques mots qui sont par la suite restés célèbres à bord du *Rustica* :

— Tout droit !

Comment gouverner « tout droit » lorsque l'on n'a pas de repère à terre, par une nuit noire et sans posséder de cap indiqué par le compas ? m'a en effet demandé Helle lorsque je suis revenu, après avoir réussi à amener et ferler à peu près la grand-voile.

Je n'ai pas su quoi répondre. Mais nous avons eu de la chance de pouvoir amener la grand-voile. Nous marchions encore six nœuds, simplement avec notre foc à un ris, lorsque nous nous sommes glissés entre les jetées. Nous avons allumé le moteur qui, heureusement, s'est immédiatement mis en marche, mais pour nous apercevoir aussitôt que nous ne pouvions pas nous en servir pour nous freiner. Le *Rustica* est en effet muni d'une hélice à pas variable sans embrayage, et la friction de l'eau sur les pales était trop forte pour pouvoir les orienter en sens inverse. Nous avons donc dû pénétrer dans le premier bassin venu et faire quelques tours sans voile ni moteur pour réduire notre vitesse, afin de pouvoir faire aussi bien marche avant que marche arrière.

Si quelqu'un pense que ceci est exagéré ou incroyable, je peux citer l'exemple de ce navigateur solitaire allemand qui est arrivé quelques heures plus tard sur un Monsun. Il nous a raconté le lendemain matin qu'il faisait quatre nœuds à sec de toile. Peut-être me croira-t-on, alors, si je dis que son premier geste, le lendemain, a été d'ouvrir une bouteille de champagne pour fêter le fait qu'il était toujours en vie. C'est aussi la première et la dernière fois que j'ai bu du champagne à jeun, le matin, au petit déjeuner. Mais, ce jour-là, nous avons aussi appris que le vent avait soufflé jusqu'à 9 Beaufort, lors des pires rafales.

Ce n'est que lorsque nous avons eu la situation bien en main que nous avons pris le temps de regarder autour de nous et de nous mettre en quête d'un endroit où nous amarrer. Jugez de notre étonnement lorsque nous avons été interpellés par une silhouette indistincte, au bout de l'une des jetées, très haut au-dessus de nos têtes. C'était le capitaine du port qui nous attendait à deux heures du matin, peut-être parce qu'il avait compris que son « *no prroblem* » à la radio était un *understatement* britannique et qu'il avait plus l'habitude de diriger les chalutiers de haute mer que les voiliers de dix mètres. Il nous a fait signe de nous diriger vers un bassin où il y avait déjà un voilier solitaire qui montait et descendait sur les vagues, le long du quai. Mais je savais que c'était plus calme un peu plus loin et nous nous sommes enfoncés à bonne allure dans le bassin suivant.

Au fond du port, nous avons trouvé un voilier anglais auquel nous nous sommes amarrés. La manœuvre a été un peu violente, de ma part, mais Helle et l'un des hommes d'équipage de l'autre bateau sont venus à mon secours pour éviter le pire. A ce stade, je n'attachais guère d'importance à quelques égratignures sur la coque et quelques bosses au balcon avant. Au moment même où nous étions passés entre les deux énormes jetées de Fraserburgh, j'avais retrouvé mon calme le plus olympien. La seule chose qui comptait c'était que nous étions sains et saufs, le *Rustica* et nous.

Helle a eu plus de mal à faire redescendre l'adrénaline à un niveau normal. Sitôt que nous eûmes accosté, elle a tenu à fouler la terre ferme. Elle voulait absolument passer par-dessus un voilier et trois bateaux de pêche et monter une échelle haute de six mètres pour aller marcher sur la jetée, afin de se remettre de ses émotions. Moi, il me suffisait de pouvoir rester là où je me trouvais.

Sous le pont, le spectacle était plutôt chaotique : bottes et cirés gisaient pêle-mêle. Mais il ne nous a en fait fallu que quelques minutes pour remettre le salon dans son état habituel. Avant d'affronter la mer du Nord, nous avions pris la précaution de tout saisir, jusqu'aux coussins de nos couchettes qui étaient attachés au moyen de petits bouts de ficelle et de crochets que nous y avions cousus précisément à cette fin. Helle est venue s'installer une dernière fois à la table de navigation, a appelé les garde-côtes d'Aberdeen comme promis et leur a annoncé que nous étions arrivés à bon port. Nous avons cru percevoir un certain soulagement dans la voix de ces Britanniques bien élevés.

Nous avons fini par nous verser un bon whisky de malt de la meilleure marque. Le plus étrange, c'est que ce jour-là le whisky nous a paru, pour une fois, plutôt fade. On aurait dit que nous n'étions plus en mesure d'éprouver d'autres impressions sensorielles.

Mais quelle jouissance d'être assis dans la cabine du *Rustica*, à deux heures du matin, dans l'immense port de pêche de Fraserburgh, en Ecosse, de l'autre côté de la mer du Nord, après avoir accompli notre traversée, bien solidement amarrés, avec le vent qui sifflait dans le gréement et un whisky bien tassé – même si le goût nous en a paru un peu terne ! Rien ne pressait. Toutes les difficultés étaient résolues. Le futur n'existait pas. Seulement le présent. Les affres un peu ébouriffantes de ces dernières heures de navigation commençaient elles-mêmes à se colorer d'un rien d'irréalité, comme si cela n'avait pas été si dangereux, en définitive.

En tout cas, je peux dire que ma mémoire ne conserve pas beaucoup de souvenirs aussi nets et intenses que ceux que je garde de la mer et de l'arrivée au port après une longue et difficile traversée. Et celui de l'arrivée à Fraserburgh à bord du *Rustica* en est le plus clair et le plus vif.

Parfois, écrit tout simplement Harry Martinson dans *Kap Farväl !*, *la mer me faisait l'effet d'un songe, tant j'étais proche de la réalité.*

| *Du vagabondage*

Dans un numéro spécial du *Svensk Juristtidning* de 1937 contenant des textes dédiés à Ernst Trygger, le lecteur attentif trouvera un article rédigé par le président K. Schlyter. Il porte un titre en soi un peu ambigu : *L'organe de décision dans les affaires de vagabondage.* Ledit Schlyter y discute les propositions qui venaient d'être faites en vue d'une révision – dont on peut penser qu'elle était attendue – de la loi de 1885 sur le vagabondage, en Suède.

Le président K. Schlyter commence par exposer le nouveau projet de loi « selon lequel certains délinquants récidivistes (ainsi que certains délinquants primaires) devraient être condamnés à un séjour dans un établissement où ils seraient réadaptés au travail, dans les cas où l'on a lieu de supposer que leur délinquance est en relation avec *leur goût pour une existence de paresse ou de désordre* » (c'est moi qui souligne). Et de poursuivre : « L'interné devrait pouvoir être maintenu dans cet établissement pendant un temps relativement indéterminé, en vue de quoi un minimum d'un ou deux ans et un maximum de deux à quatre ans devraient être fixés, avec possibilité dans les deux cas d'une prolongation d'un an, en fonction du résultat de la mise à l'épreuve du condamné. » Plus loin dans son texte, Schlyter cite un certain Thyrén qu'il félicite d'avoir lancé le concept immédiatement compréhensible de « délit causé par la paresse ». Il convient de noter que cette nouvelle loi était conçue pour être incorporée dans le code pénal.

Nous pouvons peut-être sourire de cela, de nos jours, et souligner le fait quelque peu contradictoire de condamner des vagabonds à l'emprisonnement, c'est-à-dire leur donner un toit provisoire, pour les relâcher ensuite – et donc les priver de toit – afin de les mettre à l'épreuve.

Or, il est évident que bon nombre de grands voyageurs des mers et autres rêveurs tomberaient sous le coup de cette loi si elle était en vigueur aujourd'hui. Car quel plaisancier ne désire pas « mener une existence de paresse » à la chaleur, à l'ombre des palmiers, à la fraîcheur des alizés et au spectacle de l'eau turquoise et cristalline de l'océan.

On dit souvent que l'être humain est incorrigible et qu'il est méchant et égoïste, au fond. De ce point de vue, la compassion ne serait rien d'autre qu'une sorte de dentier qu'on pourrait mettre ou enlever en fonction des besoins. La réponse de George Orwell à cela était que nous avons bien mis fin au cannibalisme. On peut désormais ajouter qu'une existence de paresse n'est plus un délit. Ou tout du moins passible de sanction.

Reste le fait que la société ne fait guère preuve de compréhension envers ceux qui ne voient pas d'un bon œil une existence rangée à terre et un travail régulier. Pas plus qu'envers ceux qui ont, par exemple, l'idée bizarre d'être domiciliés sur un bateau. Innombrables sont les histoires de ces plaisanciers qui ont eu des difficultés avec les gardiens de la loi lorsqu'ils ont honnêtement déclaré avoir pour intention de ne pas jouir, pendant un an ou deux, de la part qui leur revenait équitablement des bienfaits de la civilisation.

Pour mon compte, je ne cesse de m'étonner de l'incapacité d'admettre qu'il puisse exister *des exceptions à la règle*, à celle, par exemple, communément admise qui veut que les gens aient intérêt à vivre dans une maison remplissant les normes des services de l'urbanisme en matière de confort et de nombre de mètres carrés par habitant.

Comme chacun le sait, la Suède est (tristement) célèbre pour sa bureaucratie. Mais il a en fait suffi que je me rende chez le pasteur (qui tient l'état civil) et mette un croix dans une case sur un imprimé. De ce fait, mon adresse devenait une boîte postale dans la commune de mon choix, où j'étais désormais redevable de l'impôt. Si je comprends bien, nul n'est contraint, en Suède, d'avoir un domicile fixe ou la terre ferme sous ses semelles.

Au Danemark, les choses se présentent différemment et nous avons rencontré plus de difficultés. Helle a commencé par téléphoner au service compétent pour demander comment faire pour « être domiciliée à bord d'un bateau ». La première fois, on lui a simplement demandé de renouveler ultérieurement son appel. La seconde, elle a été renvoyée d'une personne à l'autre et n'a pu obtenir aucune réponse. Le silence est devenu total à l'autre bout du fil, lorsqu'elle a ajouté que ce bateau battait pavillon suédois et n'avait pas de port d'attache. Quelque rond-de-cuir lui a alors parlé d'inscription maritime, solution qui aurait sans doute été avantageuse fiscalement, mais hélas totalement impraticable du fait que Helle avait sa propre entreprise, qu'elle travaillait et gagnait de l'argent à Copenhague.

Cela a fini par devenir vraiment kafkaïen lorsqu'on a entrepris de la dissuader de vivre sur un bateau et en particulier sur un voilier sans port d'attache et se déplaçant entre différents mouillages du Sund et de l'île de Sjælland.

— Ça peut être dangereux, lui a dit cette personne bien intentionnée.

— Dangereux ?

— Oui. Réfléchissez un peu : et si vous tombez malade en dehors des limites de votre département. Comment vous faire hospitaliser, alors ?

— Mais, dans ce cas, c'est également dangereux d'aller rendre visite à ma tante à Frederiksborg ? a répliqué Helle.

Cela n'a pas suffi à clore le bec à son interlocuteur :

— Mais vous ne le faites pas très souvent, avouez-le.

Or, il se trouve que non seulement Helle a une tante qui habite Frederiksborg, mais qu'elle a aussi travaillé à Hillerød, non loin de là. Pendant une année entière, elle a fait la navette entre son travail à Hillerød et son logement à Copenhague sans qu'aucun bureaucrate juge utile de la prévenir à quel point cela pouvait être « dangereux ». Sans parler de ceux qui font chaque jour la navette entre Helsingør et Copenhague ou, pis encore, entre Helsingør et Hälsingborg – c'est moins loin mais cela implique de franchir une frontière. Tous ces gens qui mettent quotidiennement leur vie en jeu sans le savoir !

Après moult conversations de ce genre et divers renvois d'un poste à l'autre, Helle a finalement pu avoir affaire au grand chef du *Folkeregistret*[1] en personne.

— Mais pourquoi ne vous procurez-vous pas une adresse *pro forma* à terre ? lui a dit celui-ci.

— Est-ce que je peux choisir la commune dans laquelle les impôts sont le moins élevés, dans ce cas ? a demandé Helle.

— Pourquoi pas ? C'est ce que je ferais, moi.

C'est ainsi que nous avons résolu le problème du vagabondage nautique, dans ces pays du Nord. Moi, j'habitais une boîte postale et Helle, un domicile *pro forma*. Ce n'est pas cela qui nous a gênés. Au contraire. Peu de gens ont la chance de vivre dans une boîte postale. C'est au point qu'une employée de la poste a eu la larme à l'œil lorsque, au bout de cinq ans, je lui ai fait savoir que je déménageais, moi l'unique locataire de son bureau. Mais il est tout de même regrettable que, pas plus que les pilotes automatiques, la bureaucratie ne sache pratiquer d'exceptions à la règle.

1. L'état civil danois. [N.d.T.]

Bien entendu, il s'agit au fond de la peur des sédentaires envers les nomades, autrement dit :

Tout ce qui sent le nomade fait horreur à celui qui est véritablement refoulé. *C'est pour lui quelque chose d'indécent et d'asocial. Moi qui suis un adepte de la religion opposée, celle du vagabondage, je suis au contraire persuadé de la mission sociale de nos pieds dans le monde, quand il s'agit de notre santé mentale.*

(*Resor utan mål*)

C'est pourquoi ce devrait être une évidence pour tous, comme ce l'était pour Harry Martinson, que :

le droit fondamental de l'être humain doit être de voyager.

De l'art de vivre sur un petit bateau, en particulier en hiver

C'est au mois de janvier que Helle et moi avons invité sa mère, ses sœurs et leurs maris à dîner à bord. Lorsqu'ils sont arrivés, vers six heures du soir, il faisait naturellement nuit. Notre bateau était amarré, à peu près seul, derrière la jetée nord du vieux port de Dragør. Il faisait moins cinq à l'extérieur. A l'intérieur, la température variait entre plus dix et plus trente selon que l'on se trouvait sur le plancher ou sous le rouf. Notre poêle à mazout chauffait bien mais inégalement.

Pendant toute la soirée, nous sommes restés assis dans la cabine, à bavarder agréablement, à boire du vin et manger aussi bien qu'on peut le faire à terre. Il soufflait un léger vent d'ouest et tout ce qu'on entendait c'était donc un petit clapotis sous la coque du *Rustica.* A l'endroit où nous étions amarrés, le roulis ne se fait sentir que par fort vent d'est ou de sud-est. Le temps passa, minuit ne tarda pas à arriver et vint le moment de se séparer. Lorsque nous sommes sortis, il y avait dix centimètres de neige fraîche sur le pont et les pontons. Tout était calme. Le vent était tombé totalement. L'espace d'un instant, nous sommes restés sans rien dire à observer le Sund, où la lumière des phares brillait à intervalles réguliers, dans le noir.

Un soir, j'ai vu la glace se former. J'étais dans la cabine et je regardais par le hublot. Un léger vent du nord soufflait de l'océan Arctique. J'observais des mouettes posées sur les pieux d'amarrage, face au vent comme toujours. Pendant ce temps, les petites rides à la surface de la mer ont commencé à disparaître, çà et là. Au bout d'un moment, on aurait dit que l'eau était recouverte d'une couche d'huile. Ce n'est qu'ensuite que j'ai compris que ce que je voyais là c'était la première glace de l'année, à la surface de l'eau. A notre réveil, le lendemain, elle était assez épaisse pour supporter une hirondelle de mer qui grelottait à côté du *Rustica*.

Cet hiver-là, la glace s'est formée tardivement et a surpris un certain nombre d'oiseaux de mer qui avaient déjà du mal à se nourrir, dans le froid. Les hirondelles de mer semblaient souffrir particulièrement. Un matin, par un soleil d'une pureté de cristal, nous avons vu l'une d'elles mourir de froid, à côté de notre bateau. Elle est restée là toute la matinée à regarder fixement dans la même direction sans se soucier du fait que le vent soulevait ses plumes, ce qui contribuait à la frigorifier plus encore. Vers midi, à bout de forces, elle est tombée sur le côté.

C'était un bien triste spectacle, mais devions-nous intervenir dans le cours normal de la nature ?

C'est sans doute au début de mars que l'une des plus violentes tempêtes du XXe siècle s'est levée. J'étais sur mon lieu de travail de l'époque, à Eslöv, et j'ai vu par la fenêtre les arbres commencer à se courber. A la radio, on parlait de chaos sur les routes et la météo a annoncé des vents de force 10, voire plus lors des rafales, c'est-à-dire de la violence d'un ouragan. Les liaisons aériennes étaient interrompues. Les ferry-boats étaient bloqués au port et ceux qui n'avaient pas eu le temps de s'y réfugier avaient pris la cape. J'avais du mal à me concentrer sur mon travail et je m'inquiétais pour le *Rustica.* Mais je savais au moins que Helle était à son travail, de son côté, et qu'elle était partie avant que le gros de la tempête ne survienne.

Ce jour-là, je suis rentré plus tôt que d'habitude. J'ai pris le premier ferry qui quittait Limhamn après l'interruption du service. Mais le vent soufflait encore au point que le capitaine a dû jeter l'ancre au milieu du port pour manœuvrer.

A Dragør, tout était normal. A part les amas de goémon sur les pontons, rien ne laissait deviner que la tempête s'était déchaînée quelques heures plus tôt. Notre poêle à mazout brûlait comme d'habitude et la cabine du *Rustica* était bien chaude.

Lorsque Helle est rentrée, vers six heures, le vent avait molli notablement. Le ciel était dégagé et semé d'étoiles. Il faisait froid mais tout indiquait que nous allions pouvoir dormir au calme et non prendre des quarts, comme nous l'avions craint.

Après le repas, je suis sorti un moment pour observer le Sund, où les feux des différents phares étaient bien visibles, sur une mer à peu près calme. Le vent était presque totalement tombé. Quel changement de décor ! J'ai alors remarqué que le niveau de l'eau était monté d'un ou deux décimètres. Rien d'inhabituel à cela. A Dragør, la mer monte toujours par vent violent du nord.

Deux heures plus tard, je suis ressorti. L'eau avait encore monté, de façon inquiétante cette fois. Des poteaux d'amarrage situés derrière nous on ne voyait plus que dix centimètres, au lieu de cinquante normalement. Devant nous, l'eau affleurait au ras du ponton. Je suis allé desserrer nos amarres, qui étaient trop tendues.

Helle a décidé de se coucher, mais j'étais toujours trop inquiet pour dormir. Et c'est une chance. Car l'eau à continué à monter. Vers une heure du matin, tous les pontons étaient sous l'eau. Les amarres des bateaux situés un peu loin étaient tendues comme des cordes de violon. Etant donné que la force portante est plus grande à l'arrière et plus faible à l'avant, ils piquaient du nez. Palle, un bon ami qui avait laissé là son bateau, le *Goss*, pour l'hiver, est arrivé en *waders*. Il a eu bien du mal à se frayer un chemin dans l'eau pour monter sur son bateau et détendre les amarres. En face, le bateau-pilote semblait ancré au milieu du port et ses amarres étaient inclinées à quarante-cinq degrés. On a dû amener le pilote en barque pour qu'il puisse gagner son bateau et guider un navire qui devait franchir le Sund.

A deux heures et demie, l'eau a enfin commencé à baisser. A ce moment-là, la jetée censée nous protéger du vent et de la mer était recouverte elle aussi. Lorsque j'ai contemplé le spectacle, j'avais l'ensemble du Sund devant les yeux. C'était une expérience singulière, comme si j'avais jeté l'ancre en pleine mer. Heureusement, c'était le calme plat. Je n'ose pas penser à ce qui serait arrivé si le vent avait continué à souffler.

Le lendemain, nous avons appris qu'une bonne partie de la ville avait été inondée et que l'eau avait monté de 1,3 mètre en l'espace de six heures. Le poste électrique du port avait naturellement cessé de fonctionner. Nous avons dû nous passer de courant extérieur pendant un mois. Cela ne nous gênait pas beaucoup, car nous avions décidé dès le début de nous passer de courant alternatif.

Nous n'avons pas regretté un seul instant les cinq hivers passés sur le *Rustica*, dont quatre à Dragør, petit port de pêche et de liaison juste au sud de Copenhague et de Kastrup, et un à Kinsale, sur la côte sud de l'Irlande. Nous évoquons toujours ces jours où le vent soufflant de l'Arctique balayait le ciel et nous procurait une vue illimitée. Le soleil hivernal, bas sur l'horizon, faisait étinceler les cristaux de neige sur les pontons. Nous nous amusons aussi d'anecdotes moins réjouissantes ; ce petit matin de janvier où je suis tombé à l'eau en allant porter des ordures à terre, ou encore le jour où le sac à dos de Helle s'est pris dans l'étai : elle est restée suspendue avec un pied à terre et l'autre sur le *Rustica*.

Il y avait donc de la beauté, du drame ou du comique, dans notre existence à bord. Mais, avant tout, un calme et une concentration sur certaines valeurs essentielles qu'il est difficile d'atteindre à terre. Cela formait un contraste agréable avec le travail. Il n'existe nul autre endroit où je puisse, comme sur mon bateau, me détendre et oublier tout ce à quoi il faut penser et ce qu'il faut faire, les rendez-vous, les papiers à lire ou à remplir, les horloges-pointeuses qui mesurent votre temps sans raison, les gens en cravate qui font les importants, les conflits et les intrigues mesquines.

Le simple fait de ne pas avoir la télévision, le téléphone, les journaux, le courrier du jour et les formalités qu'il implique, est synonyme de temps libéré pour d'autres activités, plus vivifiantes.

J'aime les livres et j'en possède un certain nombre. L'un des principaux avantages d'habiter à terre est que l'on peut couvrir ses murs d'étagères. Sur un bateau, ce n'est pas possible, naturellement. D'abord parce qu'on n'a pas envie de masquer le bois vernissé de la cabine par des volumes. Ensuite à cause du manque de place. Nous avions de quoi loger chacun un mètre et demi de livres personnels et deux autres mètres d'ouvrages consacrés à la navigation et à la technique maritime. Il est exact que nous avons parfois regretté de ne pas pouvoir aller chercher sur nos étagères tel volume valant la peine d'être lu, par un dimanche gris et pluvieux de novembre. Mais, en même temps, cela nous a appris à attacher du prix à ce que nous avions, à ces œuvres choisies avec soin et supportant la relecture. Un conseil à ceux qui vivent à bord d'un bateau ou veulent faire des voyages au long cours : commencez à apprendre une langue étrangère. Une grammaire, un bon dictionnaire, quelques gros romans vous mèneront loin. En suédois, j'aurais lu *Cent Ans de solitude* et *Don Quichotte* en quelques jours. En espagnol, que j'ai mis dix ans à apprendre, il m'a fallu plusieurs mois. Et quelles lectures ! J'ai rarement pénétré à ce point dans un texte.

Mais ceux qui aiment l'ordre, qu'ils soient marins ou non, sont peut-être surtout soucieux de savoir comment il est possible de vivre sur un voilier douze mois sur douze, par beau comme par mauvais temps, par la chaleur comme par le froid, que la mer soit calme ou démontée. Outre bon nombre de hochements de tête et de sourires sceptiques, ce sont surtout des questions d'ordre pratique qui nous ont été adressées, quand nous avons dit que nous vivions à bord d'un bateau, sans disposer d'un appartement ou d'une maison à terre qui puisse nous servir de lieu de repli.

— Il ne fait pas trop froid ?

— Comment faites-vous pour prendre des douches ?

— Peut-on avoir le téléphone à bord ?

— Et la télé ?

— Comment faites-vous pour la lessive ?

— Qu'est-ce qui se passe quand il gèle ?

— Est-ce que ce n'est pas humide ?

Voilà quelques-unes des questions prosaïques qui nous ont été posées à ce propos. Rares, très rares, ont été celles qui avaient trait à la poésie de l'entreprise.

On pourrait sans difficulté écrire un livre entier sur ce qu'il faut pour vivre à l'année à bord d'un bateau, sous nos latitudes. Il n'entre pas dans mes intentions de le faire. Mais étant donné que cet ouvrage veut aussi être, partiellement, une source d'inspiration pour les rêves réalistes, il n'est sûrement pas déplacé de fournir de précieux renseignements de nature pratique.

A propos du froid et de l'humidité, par exemple.

Avant d'aller vivre à bord pour de bon, nous avons pris une série de mesures qui se sont révélées très satisfaisantes, à quelques exceptions près.

La source de chaleur, pour commencer. Comme je l'ai déjà dit nous avions choisi de nous passer totalement de courant alternatif depuis la terre et même du courant constant des accumulateurs. Nous nous sommes donc procuré un poêle à mazout de marque Reflex et avons monté trois grosses lampes à pétrole, dont l'une, une Stelton en acier inoxydable, fournit autant de lumière qu'une ampoule de 40 watts, et 700 watts de chaleur par-dessus le marché. Les instructions de montage du poêle suggèrent de prendre l'air de combustion à l'extérieur au moyen d'un tuyau, pour éviter le manque d'oxygène à l'intérieur. Nous avons décidé de ne pas suivre ce conseil car nous avions déjà monté pas moins de six manches à air, plus quatre autres prises dans le cockpit. Cet irrespect des instructions s'est révélé un coup de maître, le poêle a puissamment aspiré l'air froid et humide au ras du plancher, qu'il rejetait ensuite par la cheminée. Cela a également accéléré la circulation d'air et nous a valu un léger courant de l'arrière vers l'avant. Cette mesure unique – et fort simple – a fait plus que tout le reste pour assurer chaleur et sécheresse à l'intérieur du bateau. Il n'y avait qu'un seul inconvénient : la flamme des bougies vacillait, elles coulaient et cela sentait la nourriture dans le poste avant, qui nous servait de chambre à coucher, pendant plusieurs heures après chaque repas. Mais ce n'était pas cher payer le fait d'être bien au chaud et au sec.

La deuxième mesure que nous avons prise a été de revêtir l'intérieur du bateau d'un tapis isolant, non pas du modèle habituel, épais de trois à cinq millimètres, mais un tapis de mousse à fort pouvoir isolant, du genre de ceux que l'on emploie comme matelas dans les tentes ou lors de grandes randonnées. Nous avons d'abord eu l'idée de le coller et c'est ce que nous avons fait sur le toit. Mais nous avons ensuite pensé que, dans lcs placards et espaces de rangement, nous pouvions le découper un peu trop grand, pour qu'il se trouve coincé une fois en place. Ce fut aussi une riche idée, car la condensation inévitable qui s'est formée sur l'intérieur de la coque pouvait ainsi s'écouler sans difficulté dans la cale, derrière cette isolation.

La dernière chose a été d'enduire l'extérieur de cet isolant avec un produit absorbant la condensation. Si ce procédé marchait sur les sous-marins et les brise-glace, comme c'était à l'évidence le cas, cela devait également fonctionner sur un bateau à coque en plastique à l'hivernage.

Ce n'était pas très beau à voir et l'entretien s'est révélé difficile, mais le principal était que nos vêtements puissent rester dans la penderie des semaines durant sans moisir ni sentir (du moins trop mauvais).

Nous avons donc triomphé du froid et de l'humidité, au moins jusqu'à moins dix degrès, voire un peu plus si le vent ne soufflait pas du nord.

Pour le reste, le quotidien à bord se résume à des points de détail. Nous faisions notre lessive tous les quinze jours dans une laverie (plus répandues au Danemark qu'en Suède). Je recevais mon courrier à ma boîte postale, à l'adresse *pro forma* de Helle ou à mon travail. Pour téléphoner, lorsqu'il le fallait vraiment, nous pouvions toujours utiliser les cabines téléphoniques. Désormais, avec les portables, le « problème » de la communication sans fil dans les deux sens est – hélas – résolu. Il est cependant bon de noter que je ne me suis jamais entendu reprocher par mes amis ou mes connaissances d'être « impossible à toucher », même s'il ne suffisait pas de soulever un combiné pour cela. Peut-être convient-il à ce propos de souligner qu'il n'est pas encore interdit de ne pas avoir le téléphone. Je m'en suis fort bien passé pendant dix ans, même à terre.

Le plus délicat, c'était la glace, en particulier au moment du dégel et surtout si l'on choisit de vivre dans un bateau à coque en bois calfatée. En effet, l'humidité qui se glisse dans le coton coincé dans le vaigrage risque de geler et cette bourre de partir avec l'eau lorsque survient le dégel. Un bateau à moteur en plastique à bouchains peut aussi poser des problèmes, car ses flancs lisses risquent d'être enfoncés par la glace. En revanche, un quillard, profond, arrondi, et chauffé à vingt degrés ne court aucun risque. D'une part, l'eau est toujours plus chaude de quelques degrés au niveau de la quille et cette chaleur se communique à travers la coque, d'autre part la forme ronde empêche la glace d'écraser celle-ci. Nous avons entendu parler d'un plaisancier qui vivait sur un Allegro 27 au cours de l'un des hivers les plus rigoureux des années 80. Il y avait un mètre de glace dans le port, mais son bateau n'a été immobilisé qu'au cours de quelques-unes des nuits les plus froides. Autrement, la coque était entourée d'une ceinture de glaçons flottants.

Le seul inconvénient réside dans le fait que, normalement, le voilier est chauffé à l'avant et non à l'arrière, où se trouve le cockpit. En conséquence, la glace fond à l'avant, ce qui fait inexorablement avancer le bateau. Il faut donc de temps en temps aller faire un trou dans la glace, derrière le bateau, et le tirer vers l'arrière, si l'on ne veut pas que les amarres soient arrachées. Le problème ne se pose pas, naturellement, si le bateau possède une cabine arrière chauffée.

Non, les principaux obstacles à surmonter pour habiter à l'année sur un bateau ne sont pas d'ordre technique ou pratique. C'est une question de personnalité ; on n'est pas obligé d'aimer vivre dans une boîte en plastique, même pourvue de voile, même prête à cingler vers à peu près n'importe quel rivage si l'envie vous en prend, au milieu de l'hiver si cela se trouve. Au bout du compte, rares sont ceux qui désirent disposer en permanence de la possibilité de partir et de tout laisser derrière eux.

Il en va ainsi de l'esprit de vagabondage : il existe chez la plupart des gens, mais bien dissimulé dans un réduit qui ne s'ouvre que le jour où l'on procède à l'inventaire de ses biens.

Ainsi donc, l'être humain manifeste avec ses jambes et ses pieds son profond désir de vagabonder. Le démon de la route lui crie : « Vends tout ce que tu possèdes, viens et suis-moi. » Et il entreprend peut-être alors son errance dans une pièce de douze mètres carrés, quatre pas dans chaque sens dans sa cellule de prison ou bien une expédition à travers le Sahara.

(*Resor utan mål*)

La plupart des gens se contentent de quatre pas, même s'ils le font plus volontiers dans un pavillon de banlieue ou dans l'hôtel de leur voyage en charter que dans une cellule.

C'est une chance car, si les ports étaient surpeuplés en hiver, leur charme disparaîtrait. Du moins à mes yeux.

De l'art de naviguer au chronomètre, sur terre ou pas du tout

La première fois que nous avons navigué sans eau, c'était en Bretagne, en route pour Paimpol. Sur notre carte marine de l'Amirauté tout était vert, signe certain de terre. Nous avons regardé une nouvelle fois nos calculs et notre montre. N'avions-nous pas commis une erreur ? Les tables de marées pour les ports anglais indiquent les heures en GMT. Pour les français, c'est en GMT+1, c'est-à-dire en heure d'hiver française. Mais c'était l'été et donc GMT+2.

Il restait trois milles jusqu'à l'écluse de Paimpol et la libération, c'est-à-dire plus de trois heures. Et qu'en était-il de la profondeur de l'eau ? En aurions-nous assez sous la quille pour gagner l'écluse ? Dans les parages de Paimpol, la différence entre marée haute et marée basse peut atteindre dix mètres.

Notre première navigation sur terre s'est bien terminée. Nous sommes arrivés à l'écluse à marée haute et avons pu entrer dans le port de Paimpol après une brève attente. Deux heures plus tard, il était totalement isolé de la mer. Là où nous étions passés peu avant s'étendait un champ de boue de quelques kilomètres. Les bouées vertes et rouges reposaient çà et là, délimitant un itinéraire aquatique disparu qui se réduisait à un fossé asséché, un chenal creusé artificiellement pour permettre l'accès à Paimpol.

Pour des gens comme nous, Suédois et Danois, c'est une étrange sensation que de voir l'eau monter et baisser inexorablement. C'est particulièrement sensible sur la côte nord de la Bretagne. Dans les parages de Saint-Malo, la différence de niveau entre marée haute et marée basse peut atteindre douze mètres, c'est-à-dire la hauteur d'un immeuble de quatre étages. Chaque année, des gens se noient pour s'être aventurés sans connaissance du terrain sur des endroits à sec. La route du retour est soudain coupée et il est souvent impossible de nager contre le puissant courant qui s'établit dans les parties les plus profondes.

Il va de soi que la navigation dans des eaux comme celles-ci ne se fait pas dans les mêmes conditions que chez nous. Prenez le simple fait de jeter l'ancre. Les mesures de sécurité prescrivent de mouiller une longueur de chaîne égale à cinq fois la profondeur. Mais que fait-on lorsque la différence entre basses et hautes eaux est de dix mètres et que l'on dispose « seulement » de soixante mètres de chaîne ? Tout d'abord, on comprend vite qu'on ne peut jamais mouiller avec plus de deux mètres d'eau sous la quille à marée basse – si l'on veut respecter les marges de sécurité. La difficulté est bien entendu de trouver un mouillage abrité offrant ces conditions. Il faut donc disposer d'une chaîne de plus de soixante mètres (nous en avions personnellement quatre-vingts).

Il faut aussi tenir compte du flot de la marée, qui coule dans un sens pendant six heures, puis fait demi-tour et coule dans l'autre sens pendant un laps de temps identique. Cela implique qu'au bout de quelques heures votre bateau va suivre le mouvement, quelle que soit la direction du vent. En anglais on appelle cela être *tide-ridden* au lieu de seulement *wind-ridden*, la norme sur les eaux dépourvues de courant. Si le bateau a une quille courte, lorsque le courant est faible et le vent fort, il peut parfois résister. Mais, dans les autres cas, il pivote inexorablement de 180 degrés à chaque changement de marée. S'il est à quille longue, comme le *Rustica*, et si le courant va à plus de deux nœuds, le vent peut souffler aussi fort qu'il veut, cela n'aura aucune incidence. Il s'ensuit que la plupart des ancres chassent, avant de mordre à nouveau si on a de la chance. Un bon skipper doit donc se réveiller toutes les six heures, monter sur le pont et vérifier que l'ancre tient toujours après le changement de marée. Mais, quand il fait nuit noire et que l'on ne dispose pas de repère lumineux à terre, il peut être difficile de vérifier ses relèvements. En général, on choisit un mouillage parce qu'il se trouve à bonne distance des merveilles de la civilisation, entre autres sous forme de réverbères. A cela s'ajoute le fait que la plupart des mouillages, sur la côte nord de la Bretagne, sont situés sur des cours d'eau où le courant de marée est particulièrement fort.

Pourtant, s'il n'est pas toujours simple de s'immobiliser, il peut être au moins aussi difficile de faire route. En tout cas si l'on dispose d'un voilier capable d'un maximum de six nœuds dans des circonstances favorables.

En bien des endroits, le courant est de quatre à cinq nœuds pendant plusieurs heures. En d'autres, il peut même en atteindre jusqu'à neuf, comme dans le Raz de Blanchard, le Raz de Sein, le Chenal du Four et autour de l'île de Bréhat. Faire route contre vent et courant est impensable, du moins si on veut avancer.

Mais il n'est pas sûr non plus qu'on puisse avancer contre le courant avec un vent favorable. D'une part le courant peut l'emporter sur le vent. D'autre part, s'il y a bien quelque chose que les marins redoutent, c'est naviguer vent contre courant. Il ne reste plus qu'une seule solution : avoir le vent et le courant pour soi. Mais ce n'est pas aussi fréquent qu'on le voudrait. Si cela se présente, alors cela file vite, du moins pendant les six heures dont on dispose avant la renverse de la marée. Nous autres, qui ne comptons jamais sur plus de cinq nœuds de moyenne, il nous est arrivé de couvrir soixante milles au cours d'une période de six heures, soit une moyenne de dix nœuds.

Nous avons franchi à deux reprises le Raz de Blanchard. Lors des grandes marées, c'est-à-dire lorsque la différence entre hautes et basses eaux est la plus grande, le courant peut, à certains endroits et pendant quelques heures, atteindre la vitesse incroyable de dix nœuds. En outre, sur des fonds assez hauts et irréguliers, les masses d'eau se déplacent horizontalement mais aussi verticalement. Cela peut donner naissance à ce qu'on appelle *races* et *overfalls*, c'est-à-dire des endroits ou de grosses vagues courtes et abruptes brisent sur place, même en l'absence de vent.

Tous les livres et manuels de navigation mettent en garde contre le Raz de Blanchard. D'abord parce qu'il faut absolument que le courant soit favorable pour espérer passer. Ensuite parce qu'il ne faut surtout pas avoir un vent contraire de plus de force 5, dans la mesure où l'on n'est pas candidat au suicide. Le mieux étant naturellement d'avoir à la fois le courant et le vent dans le dos. Enfin, il est bon d'éviter de passer par là en période de vives eaux, où le courant est très violent.

Nous avions choisi un jour où il n'y avait pas de vent, car nous ne pouvions pas éviter la grande marée. Nous étions en compagnie de cinq autres bateaux quittant Cherbourg dans la même direction que nous. Chacun d'eux avait naturellement procédé à ses propres calculs et était parvenu au même résultat. Il convenait en effet de se trouver en un point donné un certain nombre d'heures après la marée haute à Cherbourg, pour être certains de profiter du courant sur tout le parcours. C'était d'ailleurs la seule solution. Lorsqu'on se trouve à mi-chemin du Raz de Blanchard, au moment où la marée s'inverse on est impitoyablement refoulé dans la Manche.

En revanche, nos almanachs ne mentionnaient pas qu'il y avait aussi des *races* et des *overfalls* sur le chemin menant à cette position, sans doute parce qu'ils sont considérés comme relativement peu dangereux. Nous avons donc été pris totalement par surprise, ainsi que les autres bateaux, lorsque l'eau, jusque-là parfaitement calme, s'est soudain mise à tourbillonner sans le moindre signe avant-coureur. Le *Moana* a fait des bonds, au point que le moteur hors-bord s'emballait lorsque l'hélice sortait de l'eau. Sur un bateau non loin de nous, un barreur sans doute peu expérimenté a été pris de panique ; il a instinctivement tenté de s'esquiver en virant à 180°, cc qui a failli provoquer une collision.

Le courant nous a cependant permis de franchir rapidement ce passage plutôt turbulent et, à deux heures, nous nous trouvions exactement à l'endroit qu'il fallait. Nous avons coupé le moteur et hissé les voiles pour voir ce que cela allait donner. Comme elles se sont gonflées normalement, nous avons pénétré tranquillement dans le raz.

Au bout d'un moment, cependant, nous avons commencé à nous demander si tout était bien normal. Janne a procédé à un relèvement sur le phare que nous apercevions, afin de voir si cela cadrait avec ce que nous pensions être la réalité. Puis j'ai renouvelé l'expérience, sans succès. Après bien des discussions, nous sommes parvenus à la conclusion que nous étions en train de franchir le raz à reculons, à la vitesse de dix nœuds ! Pourtant, il n'y avait pas vraiment de vent. Si nos voiles étaient gonflées, c'était uniquement à cause du vent apparent, dû au fait que le courant poussait le *Moana* à toute allure à travers des masses d'air immobiles. Nous avons donc mis le moteur, pour que l'étrave pointe dans la bonne direction.

Un peu plus loin, nous avons buté sur un banc de brume réduisant la visibilité à environ deux milles. Nous n'avons même pas vu l'ombre de Jersey, cinq milles à bâbord, et nous ne connaissions notre position que grâce au récepteur gonio et à mes triangles de courant.

Nous avons doublé Jersey avant la renverse. Nous ne risquions plus, désormais, d'être aspirés vers l'arrière. Au sud de Jersey, le courant est orienté est-ouest, à la vitesse de deux nœuds, ce qui nous convenait parfaitement car cela nous éloignait des Minquiers, zone redoutable à cause de ses rochers et de ses écueils à fleur d'eau (pour s'en faire une idée, lire le livre de Hammond Innes intitulé *The Mary Deare* [1]).

1. Publié en français sous le titre *Cargaison dangereuse*, traduction Louis Chantemèle, Presses de la Cité, 1956. [N.d.T.]

Le retour n'a pas été aussi facile. Nous avons dû nous lever à cinq heures du matin, pour tenir compte de la renverse. Nous étions alors à Guernesey, et donc plus près du Raz de Blanchard dans ce sens que Cherbourg ne l'est dans l'autre. Nous avons franchi l'écluse à six heures du matin, avec une dizaine de bateaux prenant la même direction que nous. Sur le quai, de gentils Français nous ont souhaité bon voyage. Nous avons compris qu'ils étaient un peu inquiets pour nous, sur notre petit bateau. Ils venaient pour leur part de Normandie, connaissaient les parages comme leur poche et s'il y avait quelque chose qu'ils respectaient, c'était le Raz de Blanchard. Ils avaient pour principe de ne jamais tenter de le forcer par vent contraire.

Une fois sortis du port nous avons hissé les voiles et marché au moteur pendant un certain temps, de même que les autres, qui nous ont cependant laissés derrière eux avec leurs engins plus puissants. Comme la fois précédente, nous nous sommes soudain trouvés dans une zone de remous et de tourbillons qui ont abondamment douché notre cockpit. Le *Moana* se cabrait comme un cheval rétif. Peu après, le vent a forci légèrement et, comme nous étions las des rugissements du moteur à chaque vague un peu forte, nous l'avons coupé et avons continué uniquement à la voile. Nous avons ainsi pris de plus en plus de retard sur le reste de la meute, qui continuait d'avancer au moteur à plein régime. C'est l'erreur que nous avons commise. Lorsque le courant s'est inversé, six heures plus tard, nous n'avions pas encore franchi totalement l'obstacle, même si nous avions dépassé l'endroit où le courant était le plus fort. Résultat : pendant six heures de plus nous avons dû marcher au moteur et à la voile à la vitesse de cinq nœuds mais... sans avancer d'un millimètre !

C'était une situation très irritante. Qui pouvait dire si nous serions capables de tenir et de rester au moins là où nous étions ? Notre soulagement a été grand lorsque, tout d'abord de façon imperceptible, puis de plus en plus nettement, le courant a commencé à desserrer son étreinte et consenti à nous laisser continuer vers Cherbourg.

Ce ne sont pas les passages dangereux et très capricieux de ce genre qui manquent, en Bretagne. La côte ouest fourmille de rochers, de tourbillons et autres types de remous, du fait de hauts-fonds très irréguliers. Le pire, c'est autour des deux îles d'Ouessant et de Sein, battues par les vents. Les marins de la région ne disent-ils pas :

Qui voit Ouessant, voit son sang
Qui voit Sein, voit sa fin.

Et ce ne sont pas des paroles en l'air, même si cela se chante.

Les Bretons qui ont fait le tour du monde disent que si l'on est capable de faire de la voile en Bretagne, on peut en faire partout ailleurs. Ils ont sûrement de bonnes raisons pour cela. Lorsque Peter Blake et son équipage ont battu le record du tour du monde sans escale, ils ont dû affronter une tempête à la limite de l'ouragan juste au moment où ils abordaient le plateau continental et approchaient d'Ouessant. Une fois au port, ils ont dit que c'était le seul moment de toute leur expédition où ils avaient vraiment eu peur pour leur peau. Jamais ils n'avaient vu de vagues comme celles-là.

Si la majorité des navigateurs français célèbres sont originaires de Bretagne, ce n'est donc sûrement pas un hasard. On peut aussi se demander pourquoi les Bretons ont choisi de tirer leurs revenus d'une mer aussi traîtresse et pleine de dangers. Sans doute parce qu'ils n'avaient pas le choix. Non que, là-bas, la terre soit pierreuse et peu fertile dans le genre de notre Småland. De nos jours, la Bretagne est une terre d'agriculture, quoiqu'elle ne produise guère de céréales. Non, c'est surtout que les Bretons étaient pauvres et exploités par de riches propriétaires terriens, principalement français. La terre a toujours coûté cher. Alors que la mer était gratuite.

A Saint-Malo, il était même interdit à ceux qui vivaient à l'intérieur des murs de posséder de la terre en dehors. Les Malouins ont ainsi été contraints au départ. Pour qui était jeune garçon et courait sur les quais à l'époque où les bateaux de pêche, les corsaires et les navires en partance pour les Indes occidentales étaient armés en quantité, la question de savoir de quoi rêver, dans la vie, était vite réglée. Il en allait différemment pour les filles. Elles pouvaient au plus rêver de trouver un mari qui ne mourrait pas en mer. Car l'enjeu de cette liberté, c'était la vie.

Mais ces considérations ne sont-elles pas entachées de romantisme ? De quelle liberté jouissaient pêcheurs et marins ? Ils menaient une existence extrêmement dure, qui consistait en une lutte quotidienne pour un pain qui était souvent fort sec. Les simples marins qui accompagnaient les explorateurs et aventuriers n'avaient pas grand-chose à espérer, ni de ce côté-ci de la tombe ni de l'autre. Leur seule liberté était en fait celle des rêves.

Du cap de la Colère au Bout du monde

On avait pris la mer plein de romantisme pubertaire, de rêves de pirates et d'idées stupides à propos des Indiens. Dans son romantisme asexué, la mer nous criait : L'aventure ! L'aventure ! A l'abordage !

Mais on ne tardait pas à changer de façon de voir les choses. C'était à moi de m'adapter aux événements et non l'inverse, comme il est dit dans le conte. Il a d'abord fallu se plier aux caprices d'une petite chaudière, bander ses muscles en vue d'un travail très ponctuel et, malade et songeur, vomir dans le charbon sur un petit navire de trois cents tonneaux ballotté sur les vagues de l'Atlantique Nord.

(*Resor utan mål*)

De l'art des compromis et des voies moyennes

Dans tous les livres sur les voyages au long cours, voire sur la voile de façon générale, on évoque les différents types de bateau. Lequel choisir si je veux aller loin ? Une ou plusieurs coques, quille longue ou quille et safran séparés ? Vaut-il mieux qu'il cède à la force des vagues ou qu'il soit plus lourd et encaisse bien ? Doit-il avoir un gréement tête de mât ou en 7/8 ? Quel arrière : plat, norvégien, négatif ou positif ? Doit-il être rapide et pouvoir gagner un abri avant l'arrivée d'une tempête ? Ou lent, pour ne pas aller plus vite que les vagues ? Et quel matériau : plastique, acier, aluminium, ferrociment ou bois ? C'est ce qui alimente les conversations sur les pontons.

Le plus étrange, c'est qu'il n'a jamais été apporté de réponses définitives à ce genre de questions. Et qu'il n'y en aura sans doute jamais.

Presque tous les navires sont construits en fonction du type de mer qu'ils sont destinés à sillonner et de la cargaison qu'ils sont voués à transporter. On ne construit pas un bateau de façon identique dans le Bohuslän et le Blekinge, pour rester en Suède, bien qu'ils soient assez semblables sur bon nombre de points. Pendant longtemps, les bateaux construits à l'anglaise ont été gréés plus court que leurs homologues suédois. Mais il faut tenir compte du fait que l'Angleterre est entourée de mers impitoyables, alors que nous autres naviguons surtout sur les eaux abritées des archipels, sur lesquelles il est bon que les voiles soient assez hautes pour capter le vent.

A Kinsale, aussi bien qu'à Galway, en Irlande, on a pendant longtemps construit un type de bateau appelé *hooker*. Mais le *hooker* de Kinsale était destiné à la pêche en haute mer – quand il ne servait pas à la contrebande avec la Bretagne – alors que celui de Galway devait se frayer un chemin dans les vagues courtes derrière les îles d'Arran, qui brisent la houle éternellement grondante de l'Atlantique au fond de Galway Bay. En conséquence, l'un était large et stable, et ressemblait un peu à un crapaud comme le Colin Archer, l'autre était profond, mince et élancé.

Un jour, j'étais en train de bavarder avec Christian, capitaine de Brittany Ferries, qui assure la ligne entre Saint-Malo et Portsmouth. Il me disait qu'il revenait de Trelleborg, en Suède, où il avait inspecté et essayé le *Nils Holgersson*, que sa compagnie venait d'acheter aux TT-Lines. Il était d'avis qu'il convenait d'y apporter des modifications pour un nombre respectable de millions, avant d'oser le lancer sur la Manche. Il fallait améliorer sa stabilité, effiler son étrave et d'autres choses encore. En l'état, il n'était tout simplement pas possible de le faire naviguer sur une mer digne de ce nom. Il ne faut pas s'en étonner. Les ferries qui font office d'hôtels flottants, de parcs de loisirs et de supermarchés le long des côtes suédoises ont été créés pour la Baltique.

Prenez lc *Queen of Scandinavia* de la DFD, cette caisse flottante conçue originellement pour la ligne de Finlande, dont l'étrave semble faite uniquement pour l'œil et la hauteur au-dessus de l'eau risque à chaque instant d'entraîner le chavirement. Et comparez ce corps difforme avec son homologue masculin, le *King of Scandinavia*, beau navire, long, élégant et séduisant à tous points de vue, véritable paquebot possédant le sens des proportions et parfaitement adapté à sa fonction.

Jadis, on disait que les bateaux devaient être beaux pour bien naviguer, c'est-à-dire qu'esthétique et qualités à la mer étaient deux aspects de la même chose. Comme toujours, ce n'est pas une vérité absolue. Car où est la poule et où est l'œuf, où est la cause et où est l'effet ? Il n'est pas impensable, malgré tout, que des plaisanciers soient tentés de penser qu'un bateau qui navigue comme un rêve doive être un plaisir pour les yeux. Peu de bateaux sont plus beaux que le *Knarr* ou le *Folkboat*. Mais, dépourvus de cockpit autovideur, ils n'ont rien à faire sur les mers dignes de ce nom. Pourtant, il est vrai qu'ils sont à la fois beaux à voir et faciles à barrer. Et il est également vrai qu'un bateau conçu pour toutes les eaux, c'est-à-dire pour aucune en particulier, est dans le meilleur des cas un bon compromis et, dans le pire, un affreux avorton dépourvu de qualités.

On a dit et redit, au point que c'est devenu un cliché éculé, qu'un voilier est toujours un compromis. Mais cette affirmation contient une plus grande dose de vérité qu'on ne le croirait au premier abord. Car le fait est qu'il n'existe pas de voilier idéal, qui serait une synthèse des points forts des différents types de bateau. Tous les constructeurs s'accordent à dire qu'un bateau ne peut être dessiné à la fois pour la régate et pour les voyages au long cours, pour les vents portants et le près, pour la navigation sur les canaux et celle sur les océans, pour le confort et la beauté, surtout s'il doit posséder les qualités optimales dans chacun de ces domaines. On pourrait formuler la chose en disant qu'il n'existe aucun bateau qui soit le meilleur à tous points de vue.

Prenons quelques exemples. Le *Rustica* possède une quille longue, mais plus courte que la plupart des quilles longues, c'est-à-dire qu'elle commence à bonne distance vers l'arrière. Cela fait qu'il marche bien au près et n'a pas de mal à virer. Les bateaux plus anciens, par exemple le célèbre cotre de Bristol, possédaient des quilles qui débutaient presque à l'étrave et couraient sous toute la coque. Ils ne louvoyaient pas aussi facilement que les bateaux modernes à quille longue, tant s'en fallait, et quant à leur manœuvrabilité, elle était très relative. En revanche, ils étaient parfaits à l'ancre et ne couraient pas d'un côté à l'autre sous les rafales. En revanche, ils se comportaient bien à la cape. En revanche, ils ne risquaient pas de piquer du nez quand on les échouait pour caréner. Mais, comme c'est le cas de tous les autres bateaux à quille longue tels que le *Rustica*, c'est une véritable catastrophe quand on s'avise de faire marche arrière au moteur.

En d'autres termes, il est impossible, dans la pratique, de dessiner un bateau qui se comporte de façon excellente à l'ancre et louvoie de même.

Cela n'empêche pas qu'il y ait des bateaux qui soient meilleurs, ou pires, que d'autres. Il existe, malgré tout, des compromis qui sont plus ou moins satisfaisants.

En suédois, ainsi que dans certaines autres langues que je connais, le mot « compromis » possède des connotations négatives et est toujours associé à quelque chose qui pourrait être mieux. En politique, dans l'art et en matière de rapports humains, le compromis est considéré comme une solution de fortune assez piteuse, avec laquelle il faut se débrouiller faute de mieux. La démocratie, par exemple, est l'un de ces compromis, puisque c'est la moins mauvaise des formes de gouvernement.

J'ose affirmer que cette façon de voir n'est pas seulement totalement erronée, mais qu'elle est également dangereuse. L'être humain et les relations entre les gens sont infiniment complexes et difficiles à sonder, bien plus encore que le comportement d'un bateau face aux vagues et au vent. L'idée que l'heur et le malheur des hommes puissent être réglés d'une seule et unique manière n'est que de l'aveuglement et une façon de prendre ses désirs pour des réalités.

Jamais de voie moyenne, écrit Harry Martinson, dans *Kap Farväl!*, avant de poursuivre :

Les déments du bellicisme et les rois de la Bourse ne connaissent pas de voies moyennes. Car c'est là que réside la raison, et même l'extase et le sentiment le plus vrai. L'extase doit appartenir aux hommes et non aux machines. Que l'extase mécanique aille au diable. Nous ne la sentons pas dans nos veines ni dans nos âmes : tout ce dont elle est capable c'est de nous tourmenter avec son vacarme vide et mort.

La culture, écrit-il aussi, *c'est le fait de cultiver les voies moyennes nécessaires, celles qui pourraient constituer la base de l'extase et du bonheur.*

Je crois que si Harry Martinson a été considéré, par certains humains et écrivains de seconde zone, comme un mollasson et un conservateur sur le plan de la technologie, c'est parce qu'il a toujours chanté la louange des voies moyennes et des compromis ! Que c'est triste et peu enthousiasmant ! Donnez-nous plutôt des opinions tranchées !

Mais ceux qui le critiquent ainsi n'ont rien compris. Ils n'ont pas saisi la force et la beauté qui résident dans la voie moyenne version Martinson. Il s'est pourtant exprimé avec la netteté voulue quand il a écrit, dans *Kap Farväl !* :

Notre idéal ne devrait pas être le calme plat, qui peut transformer la mer en marécage, ni l'ouragan, mais le grand et puissant alizé, *plein de vie, de joie, de force et de santé, balayant le monde de son souffle perpétuel.*

Il se trouve seulement que la plupart des idéologies sont soit tempête soit calme plat – sans doute afin d'être remarquées et entendues. Quel parti ou doctrine politique pourrait être comparé à l'alizé ? Aucun de ceux ni de celles que je connais. Qui voterait pour le « Parti des compromis » ? Personne de ma connaissance.

Il y a beaucoup à faire, pour les gens entreprenants, dans le domaine de l'alizé des voies moyennes.

Des Celtes et des ondes à la surface de l'eau

L'île de Groix se trouve au sud de la Bretagne. Elle a été quelque peu éclipsée par sa voisine, qui a l'avantage de s'appeler Belle-Ile. Groix est peut-être surtout connue pour être le paradis des collectionneurs de pierres, c'est-à-dire de gens comme moi. Nulle part ailleurs en France on ne peut trouver autant de minéraux différents réunis sur une si petite surface. Elle est tellement unique du point de vue géologique qu'il est totalement interdit d'y ramasser des pierres.

Mais, même pour ceux qui ne sont pas passionnés de géologie, Groix possède bien des charmes, du moins en dehors du mois d'août. Au nord de l'île se trouve un beau port avec bassin à flot. La petite ville est agréable, bien que certains équipements indispensables à la plaisance, comme une épicerie et un magasin de fournitures maritimes lui fassent défaut. On peut cependant acheter du pain frais dans un café et ce ne sont pas les cafés et les bars qui manquent, sur cette île.

Nous nous sommes pris d'affection pour l'un de ceux-ci, mélange de restaurant de marins et de café de hippies. Le bar est tenu par un ancien marin breton reconverti d'une quarantaine d'années. En buvant une bière, j'ai remarqué qu'on jouait de la musique irlandaise et que des cartes postales d'Ecosse étaient accrochées aux murs. Je n'ai donc pas manqué de dire que j'étais allé faire de la voile aussi bien en Ecosse qu'en Irlande et que, après la Bretagne, j'irais en Galice. Le patron m'a alors confié qu'il avait beaucoup pêché dans les eaux écossaises et irlandaises et que les Bretons s'entendaient bien avec les gens de là-bas. Ils ne sont pas comme les Anglais, a-t-il ajouté, sans que je lui demande rien à ce sujet. Je l'ai alors interrogé pour savoir s'il pensait que la Bretagne avait quelque chose en commun avec ces pays-là et il m'a aussitôt répondu que « c'était tous des pays celtes » et qu'ils avaient toujours entretenu des rapports par-delà les mers. En revanche, il ne se sentait aucune affinité avec les Galiciens. Ce sont des Espagnols, m'a-t-il dit, pas des Celtes.

J'étais à l'ancre à Howth, près de Dublin, en train de rassembler des forces en vue de ma traversée en solitaire. Je ne peux pas dire que je m'y trouvais bien. Howth est le faubourg chic de Dublin, peut-être l'un des rares véritables faubourgs chics de toute l'Irlande et le yacht-club ne porte pas ce nom par hasard. C'est en fait le seul endroit de l'île où je n'aie pas réussi à nouer des liens avec la population locale, à supposer qu'il y en ait une à cet endroit. Le problème des repaires de riches comme celui-là, c'est que les gens y vivent uniquement pour goûter la compagnie de leurs semblables. Cela ne favorise pas les activités communautaires.

En conséquence, j'ai noué des contacts avec des plaisanciers de passage. Je me suis, entre autres, retrouvé bord à bord avec un Sparksman & Stephens du nom de *Rebel.* Malheureusement, il portait un grand drapeau sudiste peint à l'arrière et l'expérience que j'avais des gens arborant ce genre de pavillon m'a rendu un peu sceptique sur le résultat d'une éventuelle fréquentation. Je n'ai pourtant pas poussé les préjugés jusqu'à refuser de répondre quand on m'adressait la parole et j'ai aussitôt appris que John et Susan venaient d'acheter ce bateau et que ce n'était pas eux qui avaient peint le drapeau. Ils se sont même plus ou moins excusés de toujours naviguer sous ces couleurs. Le soir, j'ai été invité à prendre un verre à bord. John et Susan étaient anglais, mais leur bateau était basé à Holyhead, le grand port de liaison sur l'île d'Anglesey, au pays de Galles. Uniquement parce qu'ils désiraient pouvoir aller en Irlande aussi souvent que possible. Comme tous les autres non-Irlandais que j'ai rencontrés, ils adoraient ce pays et ses habitants. Selon eux, il n'existait pas de peuple plus accueillant. Mais, m'a expliqué John, le prix à payer pour les fréquenter était de laisser leur bateau au pays de Galles. Il m'a raconté les ennuis et les tracasseries qu'il avait dû affronter. Puis il a dit :

— *I don't like that race !*

Je ne savais pas que les Gallois constituaient une race.

J'ai déjà parlé de l'île de Canna, ce mouillage paradisiaque au moins par beau temps, entre les Hébrides intérieures et extérieures. C'est à Canna que nous avons rencontré Gordon et découvert Runrig.

Runrig est un groupe de rock écossais qui écrit et chante de la musique aussi bien en anglais qu'en gaélique. Leur musique est grandiose, aérée, rythmée et politique. Dans leurs textes, il est évident que l'Ecosse a droit à son nom et à sa propre vie. C'est aussi un hymne à un paysage sublime. En entendant leur musique sortir doucement de la cabine du voilier de Gordon, je me suis dit qu'elle était vraiment dans le cadre qui lui convenait.

C'est donc par l'intermédiaire de Runrig que nous avons fait la connaissance de Gordon, dont j'ai déjà parlé, celui qui versait tous les mois cent couronnes au National Trust pour préserver les monuments historiques de l'Ecosse, malgré les difficultés qu'il avait à boucler son propre budget.

Le jour où nous l'avons rencontré, il était descendu à terre, à Sanday, afin d'aller visiter l'église en ruine qui se trouve sur l'île. Ce qui m'a frappé en lui, c'est cette passion pour l'histoire, les racines de l'Ecosse et les siennes propres. Il savait quelle était sa terre.

Dans *Le Cercle celtique*, j'ai raconté l'histoire de notre rencontre avec un Ecossais dont j'ai oublié le nom. Ce jeune homme nous a emprunté des traînes pour pêcher (de façon plus ou moins licite) et nous l'avons invité à boire un whisky dans la cabine du *Rustica*. Nous avons parlé de peuples et de mentalités, même si notre hôte n'employait pas des termes aussi « nobles ». Il disait, mais avec un humour paradoxalement chaleureux, son horreur des étrangers venant en Ecosse : Américains, Anglais (surtout) et Méridionaux de façon générale. Mais il n'épargnait pas non plus les *Lowlanders*, ces Ecossais qui avaient vendu l'Ecosse aux Anglais. A la question de savoir s'il y avait des peuples qui trouvaient grâce à ses yeux, il a aussitôt répondu :

— *The Irish !*

— Pourquoi ? avons-nous demandé.

— Ils sont vrais.

Nous avons aussi évoqué l'étrange château en ruine d'Invergary, à l'ombre duquel nous étions amarrés. Nous avons déploré qu'il ait été brûlé au cours d'un affrontement entre clans, trois cents ans plus tôt. Notre hôte s'est aussitôt fâché et a déclaré qu'il aurait plutôt dû être rasé, car il avait été édifié par un clan qui s'était rangé du côté des Anglais et qui n'avait donc rien à faire là.

Aucun doute, sa colère était authentique et profondément ressentie. Pour lui, trois cents ans, c'était comme hier. S'il avait été capable d'écrire le français, il aurait parlé de son histoire au *passé composé* et non au *passé simple* [1].

C'était dans Loch Boisdale, sur l'île de South Uist. Il soufflait un vent du sud-est voisin de force 6. Nous étions solidement amarrés à l'une des bouées que le Scottish Highland Board met

1. En français dans le texte. [N.d.T.]

çà et là à la disposition des plaisanciers de passage. Ces bouées sont gratuites et garanties pour tenir jusqu'à quinze tonnes. Après une semaine à l'ancre, il est agréable d'être amarré à une bouée et de ne pas avoir constamment à prendre des relèvements pour s'assurer qu'on ne dérive pas. Le seul ennui était que Loch Boisdale est partiellement ouvert au sud-est : la houle y pénétrait donc et nous obligeait à rester à bord, de peur que l'annexe ne chavire si nous tentions de gagner la terre. En outre, la pluie n'avait pas cessé de tomber, ce jour-là, lourde et drue.

Vers neuf heures du soir, le vent faiblit et tourna, en même temps qu'il cessait de pleuvoir. Je décidai de gagner la terre à la rame et d'aller boire une bière au seul pub de Boisdale.

En chemin je rencontrai un homme d'une cinquantaine d'années qui avait déjà un petit coup dans l'aile.

— *Are you German ?* me demanda-t-il.

— *No, Swedish.*

— *No harm in that*, dit-il en levant l'index en guise de salut et continuant son chemin d'un pas mal assuré.

Comme c'était samedi soir, le pub était plein d'hommes, qui buvaient tous sec. South Uist est certes catholique, comme les îles voisines, et non puritaine comme les protestantes Hébrides du Nord. Les catholiques jouissent malgré tout du gros avantage de pouvoir se faire pardonner leurs péchés s'ils se repentent sincèrement. Balzac disait qu'il n'est pas possible d'écrire des romans avec des héros protestants, étant donné que l'histoire s'arrête dès qu'ils ont péché pour la première fois. Sur South Uist, les touristes au moins ont le droit de faire à peu près ce qu'ils veulent le dimanche, par exemple s'adonner à la pêche sportive ou à des promenades dans la nature. Mais se cuiter, fût-ce au moyen d'une simple bière, est tout aussi interdit à cet endroit que plus au nord. Le dimanche, les Hébrides extérieures sont totalement sèches, du moins en ce qui concerne l'alcool. C'est pourquoi les gens, c'est-à-dire les hommes, boivent pour deux jours le samedi soir, avant que les pubs ne ferment, à onze heures.

J'eus à peine eu le temps de pénétrer dans le local qu'un homme de mon âge vint vers moi et s'empara de mon écharpe :

— *Is that MacKinley ?* demanda-t-il sur un ton dépourvu d'aménité.

J'expliquai qui j'étais et que j'avais simplement acheté cette écharpe en tartan dans une boutique de Fort Augustus. Il me crut et m'offrit une bière, pour compenser. Mais que se serait-il passé si j'avais appartenu au clan qu'il ne fallait pas ?

Je me trouvais à Dunmore East, sur la côte sud de l'Irlande. Une brume épaisse et laiteuse était montée de l'Atlantique une heure avant que je n'accoste. Assis dans le cockpit, je me réjouissais d'être arrivé à temps. Sinon, j'aurais été obligé de passer la nuit en mer ; or, j'étais seul à bord, pour le moment. De mon poste, je voyais à peine l'entrée du port, à une centaine de mètres. Jugez de mon étonnement lorsque, soudain, je devinai l'étrave d'un voilier en train d'y pénétrer. Celui-ci vint s'amarrer bord à bord avec le *Rustica.* A l'arrière flottait un pavillon inconnu de moi : noir à croix blanche. Un peu plus tard, au pub du club nautique, je liai conversation avec les trois Gallois d'un certain âge qui étaient à son bord et j'appris que c'était le drapeau « celtique ». Quand je demandai pourquoi celui-là, le capitaine me répondit :

— *It's the right thing to do when you sail to Ireland.*

Ce ne sont pas seulement des anecdotes. Il semble qu'il y ait dans ces pays, l'Ecosse, l'Irlande, le pays de Galles, la Bretagne et la Galice, quelque chose qui les lie toujours les uns aux autres, alors qu'ils ne constituent pas un Etat ; au-delà de la cornemuse dont, curieusement, on joue dans tous les pays celtiques. Quel est ce lien ? On est tenté de dire : l'Histoire, même si les traces des Celtes ayant peuplé originellement la Galice sont très minces et si la langue que l'on y parle n'est pas celtique mais romane. Qu'est-ce qu'un pays celte, au fait ? Qu'est-ce qui le différencie aujourd'hui de tous les autres ?

Il en va un peu de cela comme du sens des mots. Bien des gens croient que ceux-ci possèdent, de toute éternité et à jamais, un noyau sémantique immuable qui serait celui qu'ils possédaient originellement. Afin de « prouver » le sens d'un mot, on invoque son étymologie, c'est-à-dire son histoire. Il se trouve seulement que le sens évolue et c'est ce qui fait vivre et mourir les langues. Comment le latin aurait-il pu devenir du français, de l'espagnol et de l'italien – pour ne prendre que cet exemple évident. A l'origine, le mot *roman* désignait un texte écrit en *romanz*, c'est-à-dire en français et non en latin. Ce n'est plus le sens de ce mot aujourd'hui. Et il en va de même pour la plupart des autres.

Pour ce qui est de la culture des peuples, le fait que les pays celtes aient une histoire commune ne signifie pas que ce qu'ils ont en commun aujourd'hui soit celtique. Les ressemblances pourraient aussi bien tenir à autre chose, par exemple au fait que ces pays « celtes » ont tous souffert de l'oppression des autres Etats ou que ce sont tous des pays atlantiques.

Nous autres Occidentaux, qui nous disons éclairés, nous devrions savoir qu'il est dangereux de généraliser à propos des mentalités et des traits particuliers des différents peuples. Je désire donc préciser clairement, tout d'abord, la règle que j'adopte en la matière : toujours partir du fait qu'un être que l'on ne connaît pas peut se révéler une exception à la règle. En d'autres termes : ne jamais juger (encore moins condamner) quelqu'un a priori.

Mais, une fois cela dit, reste le sentiment, fondé sur ma propre expérience et renforcé par toutes sortes de lectures, qu'il existe une réalité, une force, une ambiance ou un courant que l'on peut qualifier de celtique et que j'ai tenté d'évoquer dans *Le Cercle celtique*.

La musique celtique connaît, ces dernières années, un essor remarquable. On y perçoit un rythme qui bat depuis des millénaires, une foi en la vie au-delà d'une certaine mélancolie, quelque chose d'aérien. Ecoutez Runrig chanter *siol ghoridh/thairis air a ghleann*, ou *mi le m'uilinn*, de Karen Matheson, ou encore *Al lezvamm !* de Barzaz. Une fois par an, à Quimper, a lieu un festival interceltique de musique. Des centaines de milliers de gens font le déplacement pour entendre de la musique celtique traditionnelle, qu'elle soit écossaise, irlandaise, galloise ou bretonne. L'édition de l'an 2000 a attiré un demi-million de personnes ! Des milliers de musiciens s'y réunissent pour apprendre et s'inspirer les uns des autres. Il y a quelques années, le guitariste breton Dan Ar Braz a eu l'idée de réunir une centaine de musiciens celtes en activité et d'enregistrer un CD. Ce fut un succès sans précédent, avec des centaines de milliers d'exemplaires vendus, et *Le Monde* lui-même a évoqué le phénomène musical celtique en première page.

Est-ce dans la musique que se trouve aujourd'hui l'âme celte ?

Dans tous les pays celtes, mais aussi en dehors de ceux-ci, il existe des associations celtiques et ordres druidiques comptant des milliers de membres. Bon nombre d'entre eux sont clandestins. Certains, tel l'Ordre Unifié des Druides Suédois, qui compte cinq mille membres, ont sans doute très peu à voir avec l'héritage celte. Mais d'autres sont aussi païens que militants et déclarent remonter aux druides originels, qui étaient les chefs intellectuels et maîtres à penser des Celtes. Certains exigent des candidats à l'adhésion – difficile à obtenir – qu'ils possèdent au moins un parent celte et parlent une langue celtique.

Est-ce dans ces associations souvent secrètes que fleurit de nos jours encore l'âme celte ?

Dans tous ces pays, des partis indépendantistes sont en activité. Le plus important est écossais : le SNP a obtenu près de 30 % des voix lors des dernières élections. La République d'Irlande n'a naturellement pas besoin d'un parti nationaliste, puisque tous les grands partis s'y réclament de l'héritage celtique. La devise du Sinn Féin est : « Non seulement libre, mais aussi celte ; non seulement celte, mais aussi libre. » Le pays de Galles, la Bretagne et la Galice ont aussi leurs partis nationalistes, qui parviennent rarement à obtenir des sièges en dehors des instances municipales. Mais ils existent et font parler d'eux.

Est-ce à travers ces partis nationalistes que les restes du peuple celte cherchent à regagner le terrain perdu ?

Au pays de Galles, on fête chaque année le Gorsedd, une sorte de championnat du monde de poésie. La poésie jouit en effet d'une position très forte dans tous les pays celtes. Il n'est pas besoin de citer la littérature irlandaise, mais on sait sans doute moins que tous les artistes et écrivains ayant au moins deux œuvres derrière eux sont exonérés d'impôt, dans ce pays. C'est l'ancien Premier ministre Charles Haughley qui a proposé cette mesure pour prouver que l'Irlande respecte toujours ses bardes. Au pays de Galles aussi bien qu'en Bretagne il existe une littérature très vivante écrite et publiée en langue celtique. Elle survit, contre toute attente, et a même remporté des succès.

Est-ce dans la littérature et la poésie qu'il faut chercher ce qui est authentiquement celte ?

Allez en Ecosse, en Irlande, au pays de Galles, en Galice voire en Cornouailles ! Placez-vous au bord d'une falaise ou au sommet d'un haut plateau, le nez pointé vers l'Atlantique, par fort coup de vent d'ouest, lorsque la pluie a cédé la place à des cumulus de front froid déchiquetés partant à l'assaut de la terre ! C'est se trouver aux postes avancés de l'Europe vers l'occident, au bord de l'inconnu. Il n'est pas difficile, alors, de s'imaginer que le *sid*, le paradis des Celtes, se trouve juste au-dessous de l'horizon. Les pays actuels à passé celte ont tous le visage tourné vers l'Atlantique. Les Celtes ont été repoussés aussi loin que possible vers l'ouest par les Romains, les Anglo-Saxons et les Germains. Et ils sont restés là, au bord du *Celtic Fringe*, la bordure celte, au bord de l'abîme. Quel effet cela peut-il faire à un peuple de se trouver le dos ou la poitrine dénudée tournés vers la mer et de tenter de survivre, sans pouvoir se réfugier où que ce soit ? Vivre en ayant tout contre soi pendant des milliers d'années doit laisser des traces.

Est-ce cela, le lien invisible ? Le sentiment d'être opprimé et livré à soi-même, dans le cadre d'une nature impitoyable mais d'une beauté à couper le souffle ? L'identité celte consiste-t-elle à avoir vécu pendant près de deux mille ans au bout du monde ?

J'ai commencé à rédiger mon roman *Le Cercle celtique* au cours de mon premier hiver à Dragør. Il était grand temps. Après le recueil de nouvelles intitulé *Splitter*[1], qui date de mes années de jeunesse, j'avais écrit un roman qui avait hélas fait naufrage par la faute d'un capitaine manquant totalement de maturité. Il avait été impossible de sauver quoi que ce soit de ce désastre, même pas de quoi confectionner une barque pour excursions dominicales par beau temps, sur les eaux d'un lac. Il aurait suffit d'un petit coup de vent pour que sa coque soit à nouveau percée.

Ce n'était pas seulement le gréement et le matériau qui ne convenaient pas. L'embarcation tout entière était dépourvue de finalité et de personnalité.

1. *Fragments*, inédit en français. [N.d.T.]

J'avais en tête d'autres idées de romans, mais je ne savais pas sur quel point mettre le cap. L'une de ces idées consistait à écrire « quelque chose » ayant trait à mes croisières dans les eaux celtiques et en Ecosse. Une autre consistait en une nouvelle version de *L'Enigme des sables*, l'incomparable – au sens littéral du terme – roman de mer et d'espionnage d'Erskine Childers. Une troisième était d'écrire un livre « parlant » de liberté (je n'y ai toujours pas renoncé, bien entendu).

Mais il me manquait une finalité et une infrastructure valables.

Jusqu'à ce soir de janvier noir comme de la poix et au temps affreux où un catamaran a pénétré dans le port de Dragør, barré par un certain Pekka...

Tout cela, je l'ai raconté dans *Le Cercle celtique*. Le plus étrange, à propos de cette fantomatique apparition hivernale, n'est peut-être pas, malgré tout, qu'un Finlandais dément se soit avisé de faire de la voile au milieu de l'hiver avec « femme à bord », mais que je me sois ainsi vu servir sur un plateau le début d'un roman.

En l'espace de quelques jours, j'ai rédigé le début d'une histoire dont je n'avais pas la moindre idée de la fin. J'ai relu *L'Enigme des sables* une fois de plus malgré le fait que je connaissais le livre par cœur.

C'est un ouvrage remarquable à bien des égards. Il en a toujours existé une édition disponible depuis sa parution en 1914. Peu d'écrivains du XXe siècle peuvent s'en vanter, même parmi ceux de plus grande envergure que Childers. Le récit des aventures de Carruthers et de Davies dans la région des îles de la Frise orientale est à la fois un roman psychologique, un roman d'espionnage et une chronique maritime et semble trouver sans cesse de nouveaux lecteurs.

Celui qui a lu à la fois *L'Enigme des sables* et *Le Cercle celtique* n'aura pas de mal à identifier ma source d'inspiration. Pourtant, l'une des raisons pour lesquelles j'ai écrit ce dernier était que j'aurais aimé lire un autre roman de Childers.

Le thème celtique, en revanche, m'appartient en propre. Il se trouve seulement que, lorsque Pekka est arrivé à Dragør à bord de son bateau, ce soir de janvier, je n'en savais pas très long sur les Celtes ni sur leur histoire, guère plus que sur l'homme qu'était Childers. Tout ce dont j'étais sûr, c'était que le *Rustica* allait partir pour l'Ecosse, afin d'y connaître d'affreuses aventures. Et c'est en effet ce qui s'est passé, n'est-ce pas ?

J'avais d'abord eu l'idée de faire en sorte que Torben et Ulf soient aux prises avec l'IRA ou l'UFF, les mouvements armés d'Irlande du Nord, respectivement catholique et protestant et aussi peu regardants l'un que l'autre sur les moyens. Mais j'ai vite compris que c'était une question trop importante pour être traitée sous forme romanesque à moins de s'avancer sur un terrain très sûr.

J'avais certes lu plusieurs gros volumes dignes de foi sur la sanglante tragédie d'Irlande du Nord, mais ce n'était pas vraiment suffisant pour se faire une idée précise de la raison pour laquelle tant de gens semblent croire, au nom de Dieu ou d'une idéologie quelconque, qu'ils ont le droit de tuer d'autres êtres humains en vue d'un avenir qu'ils sont incapables de prédire avec quelque vraisemblance.

Je me suis donc lancé dans un autre voyage et j'ai exploré le temps et l'espace des Celtes. J'ai commencé à me demander pourquoi je m'étais senti chez moi en Bretagne et en Ecosse. J'ai dépouillé de gros volumes sur l'histoire des Celtes et découvert un monde et un peuple dont j'avais à peine soupçonné l'existence.

Mais je me suis aussi aperçu qu'il n'était pas très facile de trouver des sources et des documents. En suédois, il n'existe pratiquement rien. Même en anglais, le matériau n'est pas très volumineux : quelques titres seulement. Mon salut a résidé dans le fait que je connais le français. C'est en effet en France que j'ai trouvé ce dont j'avais besoin, par exemple une thèse de doctorat sur les loges druidiques actuelles qui m'a ouvert d'inquiétantes perspectives sur quelque chose qui m'avait jusque-là surtout fait l'effet d'une bizarrerie.

Pourtant, le résultat restait assez maigre. En effet, d'après Françoise Le Roux et Christian-J. Guyonvarc'h, auteurs d'un livre sur les druides fondé sur les manuscrits irlandais anciens, il existe au plus une vingtaine de chercheurs se consacrant à l'histoire, la culture, la langue, l'architecture et la littérature des pays celtes.

Pour moi, ce n'était pas un obstacle, au contraire. J'avais ce qu'il me fallait pour laisser mon imagination se porter à la rencontre de la réalité... ou inversement. Je suis même allé jusqu'à m'imaginer que mon entreprise était originale. Qui d'autre, en Suède et peut-être même en Europe, écrivait un roman sur l'histoire ancienne et le nationalisme celtes ?

On se fait facilement ce genre d'idées. Mais un an après que j'eus entrepris la rédaction de mon roman, une grande exposition sur les Celtes s'est ouverte à Venise. Puis est venue la musique. Le vieux Donovan a même enregistré un disque. Paddy Moloney, le joueur de cornemuse des

Chieftains a dit dans une interview que, vingt ans plus tôt, lorsqu'ils ont commencé à jouer de la musique irlandaise traditionnelle, il n'existait plus qu'une poignée de gens de son espèce, en Irlande. Il y en avait maintenant plusieurs centaines et, d'après Moloney, la plupart étaient à la fois très jeunes et excellents. Les journaux, au moins en France et en Irlande, commençaient à parler de *Celtic revival* (dans ma collection de disques, je possède même un CD portant le titre très parlant de *The Celts rise again*).

Les idées que je m'étais faites sur mon originalité en ont pris un sérieux coup. Mais ce n'était encore rien comparé à ce qui se préparait. Les rencontres et les lectures que j'avais faites, les expériences que j'avais eues, tout cela m'avait convaincu qu'il était parfaitement possible que les pays celtes soient un jour indépendants ; c'était incontestablement dans la limite des choses possibles – et donc de la littérature. J'ai alors imaginé, non sans de solides raisons, que la Bretagne, la Galice, l'Ecosse et le pays de Galles se séparaient de la France, de l'Espagne et de l'Angleterre. J'ai vu en esprit la Grande-Bretagne se réduire à un pays européen de moyenne importance et le rêve d'une Grande Bretagne et d'un Empire s'éteindre pour de bon.

J'avais à peine fini de rédiger mon roman que le mur de Berlin tombait, avec un fracas qui a ébranlé le monde. Mais ce n'était pas tout. Peu après, il est apparu que le grand empire soviétique n'était rien d'autre qu'un cauchemar. De nouveaux Etats ont émergé on sont nés à nouveau de leurs cendres.

Et si ce que j'avais imaginé se réalisait maintenant ? Ce n'est ni plus ni moins vraisemblable, en tout cas, que l'écroulement du mur de Berlin, car la méfiance mutuelle entre les hommes a atteint de tels sommets que même un général du KGB ne pourrait être sûr qu'on obéisse à ses ordres.

Au moment où j'écris ces lignes, la situation s'est radicalement modifiée. L'accord passé entre l'Irlande et l'Angleterre à propos de l'Irlande du Nord est un premier pas vers le rattachement de l'Ulster à la République irlandaise. Le référendum portant sur un surcroît d'autonomie pour l'Ecosse a eu lieu. Une large majorité a voté en faveur d'un parlement distinct. Celui qui est intervenu au pays de Galles a donné le même résultat, bien qu'il n'ait pas été aussi massif.

Les ondes se propagent, donc. On se croit original, peut-être surtout en tant qu'artiste, mais en fait on est pénétré par les idées, les courants, les forces et les tendances de son temps qui flottent à la surface, dans le monde, de façon inexplicable.

L'individualisme et le nationalisme qui croissent à l'heure actuelle comme de la mauvaise herbe n'en sont qu'un exemple, qui recouvre bien entendu un paradoxe. L'individualisme, ce curieux mouvement de pensée qui pose en principe que l'individu jouit d'une réelle existence indépendamment de ses semblables, est en fait le résultat d'une idéologie collective qui s'est répandue comme une traînée de poudre, ces dernières années, à travers l'Occident. De même que le nationalisme au triste visage et la peste du racisme.

Pour écrire *Le Cercle celtique* j'avais, je l'ai déjà dit, pris modèle et puisé mon inspiration dans *L'Enigme des sables* d'Erskine Childers. Bien entendu, pas au point d'avoir le livre ouvert devant moi pendant que j'écrivais et de le suivre en tout point quant au contenu et à la composition. Ulf, Torben, MacDuff, Pekka et Mary sont dotés de leur existence propre et j'ai pénétré de plus en plus profondément dans l'histoire celte, qui n'avait rien à voir avec la Prusse ni avec les îles de la Frise orientale.

Mais, plus le *Rustica* s'éloignait vers l'ouest, plus il s'approchait de cette réalité brutale et tragique en Ecosse et en Irlande du Nord : la guerre inexpiable que se font l'IRA et l'UFF, qui dure depuis trente ans et a fait trois mille morts. Trois mille êtres vivants disparus pour toujours qui ne sauront même pas si leur trépas a servi à quelque chose, si celui-ci était nécessaire pour que d'autres puissent éventuellement connaître un avenir meilleur.

J'ai donc commencé à me documenter de plus en plus sérieusement sur ce que, au prix d'un *understatement* immoral, on appelle *the troubles*. Un livre intitulé *L'IRA*, de Tim Pat Coogan, journaliste connu et respecté de l'*Irish Times*, a été l'une de mes principales sources d'information. Alors que je ne m'y attendais pas, j'y ai retrouvé Erskine Childers, sous un aspect tout à fait nouveau pour moi. L'un des principaux martyrs de l'IRA, il fut fusillé par le premier gouvernement irlandais pour avoir refusé de reconnaître l'accord passé avec les Anglais, aux termes duquel les six comtés de l'Ulster, à majorité protestante, restaient à la Grande-Bretagne. En outre, au cours de la guerre contre les Anglais, Childers avait transporté clandestinement des armes à destination de l'IRA sur son voilier désormais mythique, l'*Ansgar*. J'ai aussitôt eu l'impression qu'il aurait pu être une sorte de MacDuff. J'avais pour ainsi dire incarné la vision que Childers avait de l'existence dans l'un de mes personnages.

J'ai été passablement impressionné par cette découverte. Quoi que j'aie pu penser, sentir et imaginer, on aurait dit que d'autres l'avaient déjà fait avant moi.

A en juger par les réactions des critiques et des lecteurs, en Suède, le thème celte a surtout été considéré comme un décor exotique qui aurait fort bien pu être remplacé par un autre et qui, en tout cas, n'avait rien de sanglant ni de réaliste.

Lorsque le livre est paru en France, les réactions ont été tout autres. A l'université de Rennes, où j'ai été invité à en parler, je me suis trouvé face à cent cinquante auditeurs dont la plupart venaient du département de langues et civilisation celtiques. On m'a posé des questions brûlantes sur l'identité, le colonialisme français, l'oppression et l'indépendance. Nombre de ceux qui m'interrogeaient désiraient que je prenne position *en faveur* des peuples celtiques. On attendait de moi que je condamne des centaines d'années d'oppression et de racisme envers la Bretagne, les Bretons et la langue bretonne.

Mais mon livre n'est pas un roman à thèse et je n'étais pas prêt à me laisser utiliser à des fins qui n'étaient pas les miennes.

Par la suite, à Saint-Malo, je me suis entretenu avec les parents d'une amie, qui parlent breton.

Ils avaient aussi lu mon livre et, à ce qu'ils m'ont dit, ils étaient pleins d'admiration pour ce que j'avais fait. D'après eux, il leur avait permis de découvrir que la lutte pacifique qu'ils menaient eux-mêmes en faveur de la langue et la culture bretonnes s'inscrivait dans un cadre bien plus large, de nature celte.

Quelques jours plus tard, j'ai fait une conférence à Caen, dans le cadre du festival annuel de littérature nordique Les Boréales de Normandie. A la fin, une dame m'a abordé. Elle avait lu mon livre et était venue du Havre en voiture pour m'entendre dire quelques mots. Elle m'a remercié si chaleureusement que j'en ai été gêné. Pour quelle raison m'était-elle si reconnaissante ? Parce que mon roman lui avais permis de comprendre pourquoi elle avait toujours eu l'impression de vivre en exil, en Normandie. En me lisant, elle avait senti qu'elle était avant tout bretonne et que le reste était secondaire.

C'est une fois la rédaction de mon roman terminée qu'est paru *The Battle for Scotland,* d'Andrew Marr, célèbre journaliste de *The Economist.* Son livre apportait, de façon assez effrayante, la confirmation de bon nombre d'hypothèses et de produits de mon imagination à propos de ce que l'Ecosse *pourrait devenir* dans la réalité. Dès 1992,

Marr était persuadé que celle-ci serait indépendante dans un avenir proche. « Et, le jour où l'Ecosse parlera en son nom propre, elle le fera sans mâcher ses mots. Et ses idées nous surprendront peut-être. »

Après les référendums qui ont eu lieu, bien des choses laissent penser que ce que Marr et moi avons prédit dans nos livres respectifs va se réaliser. Nous saurons bientôt si la Grande-Bretagne va se réduire à l'Angleterre et donc à un petit pays d'Europe septentrionale. Pour ma part, j'espère que ce sera le cas, indépendamment de l'affection que je nourris pour la culture celte. Plus les pays sont petits, moins ils peuvent faire de mal s'ils perdent les pédales, même lorsqu'ils se drapent dans les plis de ce nationalisme nauséabond qu'ils ont combattu pour devenir libres.

Permettre à des ondes de se propager à la surface de l'eau est le meilleur moyen de faire en sorte que le monde et la terre progressent.

Quelle est la vérité en ce qui concerne les pays celtes ? Je ne suis qu'un plaisancier, historien amateur et auteur de romans. Je ne prétends pas détenir de réponses à mes propres questions. La seule chose que je crois savoir est qu'il y a des raisons de tenter de trouver ces réponses et que je participerai volontiers à cette recherche.

Du cap de la Colère au Bout du monde

Tout doit certainement être lié d'une façon différente de ce que disent les gens, écrit Harry Martinson dans *Kap Farväl!* En nomade digne de ce nom, il ne manque pas de souligner très nettement qu'il prend ses distances envers tout ce qui relève du nationalisme : *Effacez tous les insignes nationaux*, dit-il.

Oui, très volontiers.

Afin que nous puissions commencer à vivre.

Des rêves et de leur réalisation

Bien des gens rêvent d'une autre vie. Il est difficile de dire combien. Mais il serait intéressant de connaître le nombre exact de ceux qui aimeraient mener une existence légèrement ou très différente de celle qu'ils mènent véritablement. Je ne veux pas dire par là avoir plus d'argent, afin de s'acheter une plus grosse voiture, une chaîne stéréo plus perfectionnée, plus d'abonnements à des chaînes diffusées par satellite, un ordinateur plus performant ou des vêtements plus coûteux. Je veux parler de liberté ou éventuellement d'argent permettant d'acheter celle-ci.

C'est un fait incontestable, me semble-t-il, que l'on rencontre pas mal de rêveurs parmi les gens – et surtout les hommes – qui font de la voile. Certains parviennent à les réaliser – et sont comme des poissons dans l'eau –, d'autres sont des cas malheureux, voire désespérés : ceux qui ne comprennent pas qu'il n'est pas facile de transformer ses rêves en réalité.

Que faut-il donc, pour cela ? J'aimerais mettre en avant trois conditions, au moins : un désir ardent, de la persévérance et du réalisme. Ce dernier point étant, à mes yeux, le plus important. Parmi mes connaissances, il existe des gens qui se fixent des buts si ambitieux et fantastiques que de toute évidence ils ne les atteindront jamais. Dans certains cas, l'intéressé fait même exprès de formuler son rêve de façon telle qu'il ne saurait être réalisé. Il est sans doute plus tranquille ainsi.

Chacun a naturellement le droit d'être l'artisan de son propre bonheur comme il l'entend. S'il le trouve en nourrissant des rêves utopiques, que peut-on lui objecter ? J'ai cependant l'intime conviction que les rêves inaccessibles ne rendent personne heureux, que ce soient des êtres ordinaires, de chair et de sang, ou l'Emma Bovary de Flaubert ou encore le Don Quichotte de Cervantès.

L'un de mes premiers rêves a été de vivre à Paris un an ou plus. C'était un rêve de jeune homme, inspiré par l'ambition de devenir écrivain ou au moins de faire semblant de l'être pendant un certain temps. J'avais lu *Paris est une fête,* de Hemingway, *Dans la dèche à Paris et à Londres* [1], de George Orwell, les *Tropiques* de

1. Disponible dans la collection 10/18 (n° 3263). [N.d.T.]

Henry Miller, les sept volumes du journal d'Anaïs Nin et les quatre des mémoires de Simone de Beauvoir. A l'instar de tous ces gens-là, je voulais écrire à la terrasse d'un café. Non pas pour devenir célèbre ou un grand écrivain comme eux dont c'était la volonté. Je n'ai jamais eu une telle prétention. Non : écrire était – et est toujours – pour moi une forme de vie très séduisante parce qu'elle confère une totale liberté. Du moins le pensais-je. A cette époque, je ne savais pas la somme de travail qu'exige l'écriture d'un roman ni combien d'écrivains parviennent vraiment à vivre de leur plume.

Quoi qu'il en soit, mon rêve de « vivre pendant un certain temps à Paris et d'y écrire » n'a pas été très difficile à réaliser. Pendant six mois j'ai travaillé presque sans discontinuer pour économiser : j'ai livré des journaux de quatre heures à six heures du matin, assuré des remplacements en tant qu'instituteur de huit heures à trois heures et travaillé comme vendeur dans une librairie le vendredi après-midi et le samedi. Au bout de ces six mois, j'avais vingt-cinq mille couronnes à la banque et des mollets d'une grosseur anormale.

J'ai acheté un aller simple pour Paris et pris le train. De chez moi, j'avais trouvé un emploi temporaire d'un mois en tant que vendangeur dans le Beaujolais, pour commencer. Là, j'ai rencontré des Parisiens de mon âge. Certains avaient dans la capitale des parents qui louaient des *chambres de bonne* [1] sous les toits, à l'intention d'étudiants, d'immigrants ou d'artistes et bohèmes romantiques de mon espèce. J'ai réussi à obtenir la moins chère d'entre elles, uniquement meublée d'un lit, d'une table, d'une chaise et d'une cuvette de toilette. Les murs étaient recouverts de papier à grosses fleurs. Tout cela pour la modique somme de cent vingt francs par mois. J'ai apporté mes deux valises contenant, entre autres, un cours par correspondance de français et je me suis allongé sur le lit avec un exemplaire de poche des aventures d'Arsène Lupin récemment acheté et quelques *croissants* [2]. J'étais au paradis. J'ai vite fait le compte : l'argent dont je disposais pouvait me permettre de tenir un an, si je ne faisais pas de folies. J'avais une année entière de liberté devant moi. Si j'avais disposé d'un almanach, toutes ses pages auraient été vierges. C'est cela, la belle vie : une page blanche. Une histoire qui n'a pas encore commencé.

Le côté pratique de mon rêve était réalisé, à ma satisfaction pleine et entière.

1. En français dans le texte. [N.d.T.]
2. Idem.

En revanche, j'ai eu beaucoup plus de mal en ce qui concerne le côté noble de ce projet. J'écrivais, c'est un fait certain, mais je n'avais pas l'impression d'être un écrivain. Quant à ce creuset artistique qu'était censé être Paris, je n'en ai pas vu l'ombre. Par la suite, il m'est venu à l'esprit que les forces créatrices qui ont par moments soufflé en tempête sur Paris ont presque toujours été invisibles. Qui connaissait Joyce, Hemingway, Miller, Anaïs Nin, Durrell, Beckett ou Sartre à l'époque où ils menaient leur vie de bohème à Paris ? Qui pouvait soupçonner que García Márquez deviendrait celui qu'il est maintenant lorsqu'il grelottait dans une chambre de bonne comme la mienne et empêchait ses voisins de dormir en tapant à la machine toute la nuit ? Lorsque l'existentialisme a été découvert par les journalistes et les touristes, il n'a guère fallu de temps pour que Sartre, Simone de Beauvoir, Camus et Genet soient contraints de déserter Les Deux Magots à cause des curieux, chasseurs d'autographes et autres importuns. Et ainsi de suite. La fois où j'ai approché le plus près un écrivain, c'est le jour où j'ai été l'objet des attentions d'un poète homosexuel qui était en train, disait-il, d'écrire un roman sur un minibus de poètes français en route pour le cercle polaire à travers la

Suède. J'étais – malheureusement pour moi – le premier Suédois en mal d'écriture que ce jeune poète ait jamais rencontré. Il souhaitait donc pouvoir disposer de moi comme objet d'étude – mais un peu trop rapprochée à mon goût.

En outre, mes rêves romantiques d'écriture avaient fait naufrage l'année précédente, lorsque j'avais logé pendant deux mois dans un petit hôtel près de Notre-Dame. J'avais à peine pris possession de ma misérable chambre – qui avait l'avantage d'être bon marché – que j'avais acheté un stylo et un bloc de papier, avant de m'installer à la terrasse d'un café et de commander un express qui devait me permettre de laisser courir ma plume sur le papier pendant des heures. Si je me souviens bien, j'écrivais alors un roman policier ayant pour cadre Jönköping, la ville où je suis né. Le personnage principal s'appelait Jillis, il était bijoutier et détective amateur et vivait dans une ancienne usine de fabrication d'huile d'aiguilles de pin qu'il avait transformée lui-même. En tout cas, j'écrivais et raturais à plaisir. Mais, au bout d'une heure, le *garçon* [1] s'est soudain planté devant moi, me dévisageant d'un air peu amène.

1. En français dans le texte. [N.d.T.]

— *Monsieur, il faut consommer*[1], m'a-t-il dit.

Et Sartre, alors ? me suis-je dit. Pourquoi est-ce que lui avait le droit de rester des heures devant sa tasse de café froid à écrire comme si sa vie en dépendait ?

Ce n'est que par la suite que j'ai compris que j'avais entrepris de jouer les écrivains dans l'un des cafés pour touristes les plus fréquentés du voisinage de Notre-Dame, le genre d'endroit où aucun Parisien véritable ne met jamais les pieds. Ce n'était pas vraiment là que je pouvais réaliser le rêve de mener la vie d'écrivain bohème et débordant d'idées que j'avais trouvée dans les livres.

Aujourd'hui encore, Paris attire les écrivains comme un aimant. Nombreux sont les Suédois, jeunes ou vieux, qui ont entendu l'appel de la capitale de la France pour y faire leur apprentissage. Je ne sais quelles expériences ils y ont faites, ni quels rêves ils nourrissaient, mais je crois savoir qu'il est fort peu réaliste de partir pour une métropole de plusieurs millions d'habitants dans l'espoir de tomber par hasard sur les artistes qui seront les Breton, Sartre, Hemingway ou Beckett de demain et de lier connaissance avec eux.

1. Idem.

Il n'y a pas longtemps, j'ai lu une interview de Nathalie Sarraute, dans *Le Monde.* Elle y disait que, malgré son grand âge (quatre-vingt-huit ans !), elle passait plusieurs heures chaque matin à écrire dans un café. Mais il convenait d'ajouter, précisait-elle, que tous ignoraient qui se dissimulait derrière ses rides et sous ses cheveux gris. Naturellement, elle ne précisait pas de quel café il s'agissait.

Il en va sûrement ainsi pour la plupart des gens. Les célébrités dignes de ce nom désirent avoir la paix, pour pouvoir travailler. Et les futurs grands écrivains ne se voient guère, dans la foule.

Le réalisme, pour y revenir, est la première qualité que doit posséder celui qui veut voir se concrétiser ses rêves sans risquer d'être déçu lorsque la réalité se révèle telle qu'on aurait pu imaginer qu'elle se présenterait.

Un soir d'hiver, Helle et moi étions assis dans la cabine du *Rustica.* C'était notre premier hivernage. Nous devions faire nos comptes.

A l'époque, le *Rustica* nous appartenait depuis un an. Il était en assez mauvais état extérieurement mais par ailleurs en bonne santé mis à part le moteur. Sur les cent vingt mille couronnes qu'il nous avait coûté, nous en avions déjà acquitté quatre-vingt mille. Nous avions en outre fait pas mal de dépenses pour le rendre habitable en hiver : isolation, poêle à mazout, manches à air neuves, sept couches de peinture époxy sur le fond, étant donné que nous devions rester à flot toute l'année, écoutille avant neuve pour remplacer l'ancienne qui n'était plus étanche, peinture anticondensation. En outre, le moteur avait été révisé, la grand-voile réparée après s'être déchirée dès le premier été et un réservoir à mazout en acier inoxydable avait été installé, car l'ancien, simplement galvanisé, était percé.

Tout cela avait naturellement coûté de l'argent, pas mal d'argent pour des gens comme nous, ne disposant que de revenus modestes. Helle venait de terminer ses études et n'avait pas trouvé d'emploi. Pour ma part, j'avais un demi-service de professeur intérimaire de français dans un institut de formation continue. Cela n'allait pas loin par rapport à ce dont nous rêvions : finir de payer le bateau, l'équiper pour des croisières au long cours et prendre la mer un ou deux ans en toute liberté, sans avoir la moindre pensée pour le lendemain.

Réconfortés par un bon repas et une bouteille de vin, nous avions décidé, en ce soir d'hiver plutôt froid, que le moment était venu de procéder à un bilan de notre situation économique. C'était assez vite fait, en réalité. Il fallait d'abord achever de régler le bateau, c'est-à-dire quarante mille couronnes. Puis l'équipement nécessaire pour mettre le *Rustica* en mesure de nous emmener sur les vastes mers en toute sécurité. Les plaisanciers au long cours en connaissent la liste par cœur : canot de sauvetage, fusées de détresse, annexe, régulateur d'allure, pilote automatique, VHF, GPS, cartes marines et almanachs, pièces de rechange pour le moteur, chaîne d'ancre, ancre CQR et guindeau, voile de cap, réflecteur radar, échelle pour monter dans le mât, garde-corps sur le pont. Mais, comme le *Rustica* n'était plus de première jeunesse, nous devions en outre le pourvoir d'une grand-voile et d'un foc, d'une capote, d'accumulateurs, d'un sondeur, d'une barre et de bien d'autres choses encore – tout cela neuf, bien entendu. Nous avons estimé le coût total à cent soixante mille couronnes. Pour partir deux ans, nous pensions avoir besoin de deux cent mille couronnes, en songeant à des imprévus tels que retours au pays, pannes de moteur et réparations. Une fois la bouteille de vin terminée, nous avons tiré un trait. En dessous de celui-ci figurait le total des économies à réaliser, soit quatre cent mille couronnes. Net après impôt, cela va de soi. Sans compter qu'il nous fallait vivre, le temps d'économiser tout cela. De préférence au-dessus du minimum vital, de façon à pouvoir boire une bouteille de vin de temps en temps et acheter un de ces livres indispensables que l'on relit plusieurs fois, pour lesquels nous manquions d'ailleurs de place ! En tout, il fallait compter plus d'un demi-million pour réaliser un rêve par ailleurs extrêmement concret.

A la vue de ce chiffre, Helle m'a regardé et m'a dit, assez désespérée :

— C'est impossible !

Cinq ans plus tard, le bateau était payé et équipé. Nous disposions de cent cinquante mille couronnes à la banque et avions même les moyens d'acheter quelques packs de bière pour fêter notre départ avec nos amis du port de Langelinje, à Copenhague. Comment cela a-t-il été possible ?

Le principal secret, c'est d'avoir logé sur notre bateau. Cela nous a en effet permis de réduire nos dépenses, plutôt que d'accroître nos rentrées. Réfléchissez un peu ! Un mouillage de six mois, en hiver, coûte rarement plus de deux mille couronnes, dans un port normal. Les frais de chauffage sont très réduits. Pas de licence audiovisuelle, pas de notes de téléphone, pas d'abonnement à un quotidien, pas de voiture, pour seule assurance celle du bateau, et ainsi de suite. J'estime que nos dépenses fixes, y compris la nourriture, étaient d'environ mille couronnes par mois et par personne. Pour des gens ordinaires, c'est la meilleure façon de faire des économies : au lieu d'essayer de gagner plus d'argent, réduire ses dépenses, en consommant moins.

A Falmouth, j'ai rencontré deux Suédois qui rentraient au pays à bord d'un Oméga 30. Ils étaient allés aux Caraïbes, comme tant de plaisanciers aux rêves banals, et il leur restait un mois de leur année sabbatique. Je leur ai demandé si cela avait valu la peine et les centaines de milliers de couronnes investies afin de vivre sans revenus pendant un an et d'équiper le bateau.

— Oui, m'ont-ils répondu aussitôt d'un commun accord. Mais on ne refera jamais ça !

Pour réaliser leur rêve en l'espace d'un an, ces deux-là avaient en effet été obligés de passer presque la moitié de leur temps en mer. Car c'est loin les Caraïbes, si l'on est pressé.

Est-il nécessaire d'aller aussi loin et en étant toujours aussi pressé ? Je suis persuadé que bien des gens pourraient ramener des souvenirs pour la vie s'il allaient les chercher un peu moins loin. Du moins s'ils n'étaient pas aussi obsédés par le soleil, la chaleur, les palmiers et les récifs de corail. Car la vérité oblige à dire que peu de gens vont aux Caraïbes pour apprendre à connaître la population locale et sa culture. La curiosité ne dépasse pas toujours le désir de goûter le rhum des insulaires. Et dire qu'ensuite nos vaillants navigateurs rentrent au pays et se plaignent d'avoir été mal accueillis par des indigènes qui n'en voulaient qu'à leur argent !

Mon prochain rêve, à moi, a pour nom Stornoway. Il est d'une simplicité à ravir : passer une année à bord du *Rustica* dans les Hébrides extérieures, en hivernant à Stornoway, sur Harris. Mais ce pourrait aussi bien être une année en France, sur les canaux, un hiver dans un port désert de Pologne ou de Corse, six mois – d'avril à novembre – dans un port naturel à peu près désert du Bohuslän ou de Norvège du Sud. Les rêves d'un plaisancier modeste et réaliste, mais riche en imagination, peuvent être d'une variété à peu près infinie.

Ceux qui ont horreur de sortir des sentiers battus se demandent naturellement comment on peut rêver de passer tout un hiver dans le froid, le vent et l'obscurité des Hébrides extérieures. Que peut-on y trouver ?

La réponse est d'une simplicité aussi émouvante que ce rêve lui-même : je n'en sais rien ; ou encore : on verra bien – à moins que ce ne soit : des gens, de la mer, du ciel.

Rien n'est pire que d'être poursuivi sans trêve, jusque dans ses rêves, par l'éternelle monotonie du monde réel.
(*Resor utan mål*)

En effet, à quoi bon un rêve qui ne serait *que* réalité ?

Des cartes, cartes marines et almanachs de navigation

Je nourrissais le rêve de partir un jour en bateau pour Madagascar. Peut-être n'est-il pas encore révolu. Un jour où j'étais chez Weilbach, le grand magasin de cartes marines de Copenhague, il y a des années de cela, il m'est venu à l'idée de demander ce qu'ils avaient comme cartes en dehors de l'Europe.

— Qu'est-ce que vous désirez ? m'a-t-on demandé.

— Qu'est-ce que vous avez ? ai-je répondu.

— Le monde entier.

Le monde entier prêt à vous être livré sans délai ! Le monde entier en stock !

Seul, sans doute, le marin qui rêve d'aller très loin sur son bateau peut s'imaginer le genre de rêverie dans laquelle vous plonge une telle réponse. (Mais n'ai-je pas noté, aussi, l'esquisse d'un sourire ? Je n'étais sûrement pas le premier rêveur à acheter ainsi, sur un comptoir, une partie du monde.)

— Je voudrais une carte marine de Madagascar, ai-je alors dit.

— Bien sûr, a répondu le vendeur comme si c'était la chose la plus évidente au monde.

Je l'ai accompagné dans la réserve et j'ai montré, sur le catalogue de l'Amirauté britannique, celle que je désirais. J'en ai choisi une représentant l'île entière, du nord au sud et de l'est à l'ouest.

C'est la tête pleine de rêves que j'ai ensuite quitté le magasin, avec Madagascar sous le bras.

Ce n'est qu'une fois que j'ai déroulé cette carte à bord du *Rustica* que j'ai compris quel genre de carte j'avais payé un aussi bon prix. Madagascar est à peu près grande comme deux fois la Suède, et la carte que j'avais achetée ne couvrait pas seulement la Grande Ile en entier, mais aussi une partie de la côte de l'Afrique ! Ma carte marine, instrument de mes rêves à venir, était en fait une simple carte d'escale, le genre de celles que l'on utilise pour savoir où se trouve telle ou telle île, voire pour passer au large, ce qui est le cas le plus fréquent. J'avais ainsi appris la taille – considérable – de Madagascar.

Quelques semaines plus tard, après voir vu ma déception, Helle est allée chez Weilbach acheter une autre carte, cette fois uniquement de la pointe nord de l'île. Sur celle-ci étaient portés les récifs de corail et les anses dans lesquelles les pirates célèbres s'étaient jadis dissimulés pour échapper aux autorités et aux expéditions punitives montées pour en finir avec eux.

De temps en temps, je sors cette carte et promène les yeux le long de cette côte en des croisières entièrement imaginaires. On tente de se représenter l'aspect de tel mouillage, on examine les courbes de niveau le long du rivage pour juger si le terrain peut offrir un abri convenable et l'on note des signes indiquant la présence d'une mangrove, ces arbres dont les racines sont si profondes qu'elles peuvent vous permettre de vous y amarrer en cas d'ouragan.

Les cartes marines, c'est incontestable, sont l'idéal pour les rêveurs. Mais elles peuvent aussi servir aux poètes et aux artistes.

En revanche, il faut être très expérimenté, bien entraîné et posséder une bonne dose de scepticisme pour les utiliser comme instrument pratique. Tous les bons navigateurs savent que les informations erronées y sont légion et que la réalité peut offrir mainte surprise.

Ces dernières années, des penseurs dont certains se sont qualifiés de philosophes ont soutenu la thèse que les êtres humains sont dans l'impossibilité de communiquer véritablement les uns avec les autres et que le sens véhiculé par la langue est toujours incertain, subjectif et l'objet des interprétations les plus débridées. Bon nombre d'entre eux affirment ainsi que chacun de nous est porteur de sa propre image de la réalité, différente de celle des autres, que les êtres humains sont aussi uniques que leurs empreintes digitales, que nous ne pouvons en fait, pour des raisons de principe, savoir comment se présente la réalité (et que, même si nous le savions, nous ne pourrions faire partager ce savoir aux autres). Bref, ces philosophes prétendent que la connaissance, tout comme la communication, est subjective et relative. En d'autres termes, chaque individu est une île. Comme dit Simone de Beauvoir : « cette solitude qui nous est commune à tous et qui cependant nous rend étrangers les uns aux autres [1] ».

Ce genre d'idée, aussi farfelu puisse-t-il paraître au commun des mortels ayant conservé son bon sens, n'est pas vraiment nouveau. Il a été répandu et défendu depuis cette histoire de caverne de Platon où des prisonniers, dos tourné à l'entrée, ne perçoivent la réalité extérieure que par le jeu

1. *Tout compte fait*, Gallimard, 1972. [N.d.A.]

des ombres. Ce genre de théorie du dos tourné est aujourd'hui appelé déconstructivisme, postmodernisme ou scepticisme et relativisme épistémologiques. Ses principaux défenseurs ont pour nom Lyotard, Derrida, Foucault, Paul de Man, Rorty, Quine et autres épigones de moindre calibre.

A mes yeux sans doute naïfs, il est aisé de prouver l'absurdité de beaucoup de ces thèses. Prenons celle qui porte sur le sens : « En matière linguistique, le sens est subjectif, relatif et particulier. »

Mais, si cette affirmation – ou l'une de ses variantes – était exacte, elle devrait également porter sur le sens tel qu'il est véhiculé par cette thèse elle-même. En d'autres termes, son sens et son contenu supposés seraient infirmés par sa propre validité.

Il n'est cependant pas besoin d'aller chercher des arguments aussi abstraits. A propos de questions de ce genre, on peut se contenter d'évoquer les nécessités impératives qui règnent en mer. Paradoxalement, on peut y avoir le sentiment que la terre ferme est sous nos pieds, en matière de sens.

La Clyde Cruising Association édite une série de publications sur la navigation dans les

Hébrides. Il existe en particulier, entre les îles de Scarba et de Jura, un détroit qui a fort mauvaise réputation et qui porte le nom de Corrywreckan. Le courant de marée peut y atteindre la vitesse de dix nœuds. Etant donné l'étroitesse du passage, on a pu constater une différence de niveau allant jusqu'à un mètre et demi entre ses deux extrémités. Cela veut dire que, à la voile, il faut soit monter soit descendre, si on ose vraiment y risquer sa peau. Avant de se lancer dans une entreprise aussi périlleuse, il est donc utile de méditer ce que le manuel de la Clyde Cruising Association a à en dire :

Ce détroit est surtout dangereux lorsqu'une houle venant de l'Atlantique et résultant de plusieurs jours de forts vents d'ouest vient contrarier le courant de marée. A de tels moments, il est impensable de tenter le passage [...] C'est près des fonds de 29 brasses que les remous violents sont le plus effrayants, très souvent ils brisent et sont couverts d'écume. Par temps calme et courant de flot, ils peuvent atteindre quatre mètres de haut et être accompagnés d'un grand fracas lorsqu'ils retombent du haut du plat de Scarba. Une forte houle d'ouest peut doubler leur hauteur lorsqu'ils retombent, avec les autres, dans le fond de trous profonds, voire verticaux. Dans ces circonstances exceptionnelles, le vacarme peut se poursuivre pendant des heures et être perçu jusqu'à Crinan, à 6 milles de là [...] De forts vents d'ouest persistant pendant de longues périodes peuvent donner naissance à un violent remous, que l'on pourrait qualifier plus exactement de véritable mur aquatique barrant le Corrywreckan sur toute sa largeur.

Il convient de relever le fait que les vagues de quatre mètres dont il est question se forment par temps *calme*. L'expression *voire verticaux* peut aussi laisser rêveur. En réalité, personne n'a été en mesure de constater de près l'aspect exact de ces trous.

A en croire ces penseurs selon lesquels tout énoncé peut toujours être interprété comme signifiant n'importe quoi, les remous du Corrywreckan ne présenteraient donc aucun danger. Je ne sais pas si les déconstructivistes en question se consacrent à d'autres sports que celui qui consiste à pédaler... dans le yaourt. Mais, s'ils se mettaient en tête de faire de la voile, il y aurait une façon très simple de vérifier la véracité de leurs théories : se moquer des mises en garde et franchir le Corrywreckan d'est en ouest, lorsque le courant de marée affronte un coup de vent du sud-ouest de force 8.

Malheureusement, ce genre d'expérience bute sur un obstacle de taille. Je doute que notre relativiste de navigateur ait ensuite l'occasion de dire à qui que ce soit qui avait raison : celui qui propose de prendre la mise en garde à la lettre ou celui qui préfère lui donner le sens qu'il souhaite. (Ajoutons que, même s'il devait survivre, contre toute attente, on ne peut jurer que l'on comprendra ce qu'il aura à en dire.)

Je ne veux pas soutenir par là qu'il est toujours facile de communiquer ou de se faire une idée exacte de la réalité. Au contraire, il faut déployer de gros efforts et beaucoup de bonne volonté pour tomber d'accord sur le sens des mots. Mais qu'est-ce qui motive la science, si ce n'est le fait que la connaissance de la réalité n'est pas aisée à acquérir ? Ceux contre qui je m'élève, ce sont ceux qui prétendent que connaissance et communication sont impossibles pour des raisons de principe.

Mais, au nom de l'équité et des nuances, il convient d'évoquer le moment où il faut véritablement de l'attention, de l'expérience et beaucoup d'entraînement pour interpréter comme il convient les cartes marines et les almanachs de navigation.

Après que Torben nous eut laissés, moi et le *Rustica*, dans le soleil de la fin de l'été, j'avais un mois entier à passer à Kinsale, absolument seul sur mon bateau. J'envisageais avec plaisir cette solitude, qui vous oblige à être beaucoup plus attentif que lorsque l'on est en compagnie. Le seul facteur d'inquiétude, c'était que le *Rustica* était amarré sur l'extérieur du ponton le plus éloigné de la marina de Kinsale, avec plus d'un mille d'eau libre devant lui, vers l'est. En été, lorsque le risque de coup de vent et de tempête est négligeable, même en Irlande et surtout en provenance de l'est, il n'y aurait pas eu de quoi se soucier. Mais l'automne était arrivé et les profondes dépressions de la saison commençaient à pointer le nez par-dessus les hauteurs, à l'ouest. Giles, le capitaine du port, m'avait indiqué que je ne pourrais avoir de place à l'intérieur de la marina avant le mois de novembre, au plus tôt. J'ai donc dû me résigner à prêter attention aux bulletins météo comme si j'étais à la mer ou si je mouillais dans un endroit absolument perdu, sans le moindre abri sur la totalité de la rose des vents.

Un jour est arrivé ce que je redoutais. Vers midi, le service météorologique irlandais a émis un avis de tempête d'est. Comme cela semble trop souvent être le cas, même si ce n'est pas exact, elle devait survenir au début de la soirée et durer toute la nuit.

Je suis allé trouver John, à bord de son bateau en acier, l'*Abba*, également amarré à l'extérieur. Je lui ai annoncé les mauvaises nouvelles. Il m'a regardé, l'air incrédule.

— Ce n'est pas ce que le Nautex a annoncé ce matin, m'a-t-il dit. Viens, on va aller vérifier.

C'est une merveilleuse machine qui imprime des cartes météo de vastes parties du monde et sur lesquelles figurent les isobares, millibars et ce qu'il faut pour procéder à ses propres prévisions et tracer la trajectoire des basses pressions. John a appuyé sur divers boutons et, peu à peu, une carte météorologique de l'Atlantique a pris forme. Et, en effet, à environ deux cent milles à l'ouest des falaises de l'Irlande se trouvait une dépression fort inquiétante de 950 millibars en son centre et entourée d'isobares très serrées, signe certain de vents violents.

— Mais regarde ! m'a dit John en me montrant la carte du matin. Cette dépression se déplace vers le nord-est et va passer au nord de l'Irlande. Comme d'habitude. Cela va souffler, c'est vrai, mais de l'ouest et on ne craint donc rien.

Vers huit heures du soir, par un crépuscule jaune comme de l'huile ne présageant rien de bon, le vent s'est levé. Une heure plus tard, alors qu'il faisait noir comme dans un four et pleuvait à verse, il soufflait en tempête.

Et il venait de l'est.

Les six heures suivantes, jusqu'à trois heures du matin, furent un enfer. Les vagues qui venaient frapper le flanc bâbord du *Rustica* et balayaient sans trêve le pont faisaient peut-être un mètre, c'est-à-dire toute la hauteur de son franc-bord. La force conjuguée du vent et des vagues transformait des défenses épaisses de vingt centimètres en quelque chose qui ressemblait à des planches de caoutchouc ; l'une d'entre elles a d'ailleurs éclaté sans que je m'en aperçoive, au milieu de ce vacarme.

Je suis resté la plupart du temps allongé sur ma couchette, en ciré et en bottes, à écouter la radio, fumer et boire du café. De temps en temps, je grimpais sur le ponton, vérifiais les amarres et poussais les défenses vers le bas, dans la mesure du possible, car elles avaient tendance à remonter petit à petit.

Au pire moment, je suis même allé jusqu'à faire ma valise et y fourrer ce que j'avais de plus précieux : argent, passeport, carte de crédit, le manuscrit de *Long John Silver*, le navigateur GPS et autres équipements électroniques coûteux et quelques livres irremplaçables. Je n'étais pas en danger de mort, du moins tant que j'étais capable de me tenir sur mes jambes sur ces pontons qui dansaient la sarabande, mais le *Rustica,* lui, l'était. Il suffisait pour cela que ses défenses ne soient plus capables de résister à la pression.

Finalement, elles ont tenu, jusqu'à trois heures du matin où, soudain, sans mollir le moins du monde, le vent a viré au nord-est, vers la terre qui ne se trouvait qu'à quelques centaines de mètres. Dix minutes plus tard les vagues s'étaient calmées, tout était redevenu relativement paisible et j'ai sombré dans un profond sommeil, pour ne me réveiller que vers dix heures, la nuque raide et toujours revêtu de mon ciré et de mes bottes. J'ai rarement autant apprécié mon petit déjeuner que ce matin-là. Ma valise hâtivement faite et la défense en miettes étaient les signes tangibles que nous étions passés près de l'irréparable. Plusieurs bateaux ont été endommagés cette nuit-là, même parmi ceux qui se trouvaient à l'abri derrière le dernier des pontons.

Après coup, je me suis demandé comment le *Rustica* avait pu résister à un pareil assaut. La réponse est double. Tout d'abord, nous étions amarrés à un ponton qui, comme le *Rustica* lui-même, montait et descendait au gré des vagues, sans retour de celles-ci comme le long d'un quai. Le bateau et le ponton pouvaient ainsi accompagner le mouvement de l'eau, ce qui lui ôtait une bonne partie de son énergie. Sans désirer pour autant refaire l'expérience afin de savoir si j'ai raison ou pas, je suis à peu près sûr que le *Rustica* aurait rapidement été transformé en épave, dans des circonstances analogues, s'il avait été amarré à une jetée en pierre ou en béton.

D'autre part, je crois que le courant de marée qui, dans la Bandon River, coule à environ deux nœuds, a atténué la force d'impact des vagues. Lorsque le vent était à son summum, il lui était en effet perpendiculaire. En tout cas, on avait paradoxalement l'impression que les vagues auraient dû être encore plus grosses et plus lourdes et posséder une énergie encore plus grande.

Au prix d'un cliché on peut donc dire que le *Rustica* et moi avons eu de la chance, dans notre malheur.

Lorsque j'ai vu John, le lendemain matin, il m'a présenté ses excuses. Nous savions, lui comme moi, que notre erreur d'appréciation aurait pu coûter la vie au *Rustica* – car les bateaux ont une vie, eux aussi – sinon à l'*Abba*, avec ses quarante pieds et sa solide coque en métal.

Que s'était-il donc passé ? Tout simplement, la dépression avait changé de direction, dans son incompréhensible complexité. Au lieu de continuer à faire route à vive allure vers le nord-est, elle s'était soudain dirigée vers le golfe de Gascogne. Nous trouvant au nord du centre de cette dépression, nous avions fort logiquement eu du vent d'est.

Qu'est-ce que je disais ! triompherait notre relativiste et sceptique en matière de connaissance. Il est impossible de savoir comment la réalité se présente réellement. Tout est affaire d'interprétation et de subjectivité, voire de goût et d'appréciation, si l'on veut.

Mais cette façon de raisonner serait entachée de plusieurs erreurs de logique. Tout d'abord, John et moi nous étions parfaitement compris – même si nous nous étions trompés tous les deux. J'avais interprété les courbes de la carte exactement comme lui. Ensuite, l'erreur que nous avions commise n'était pas une erreur d'interprétation. Elle était due aux informations dont nous disposions. Ce que nous avions négligé, en revanche, c'était le fait que la météo irlandaise utilisait des données plus tardives et donc plus exactes que nos cartes. Ainsi, ce n'est pas l'interprétation de la réalité qui est en cause ; il s'agit plutôt de savoir à qui se fier quand on n'a pas en main toutes les données à prendre en considération. Dans le cas présent, nous aurions dû croire les experts, leurs nombreuses stations et leurs ordinateurs surpuissants.

Pour finir : si notre déconstructiviste affirmait que cette tempête et l'expérience que j'en ai eue ne sont qu'une histoire de marin, et pas des meilleures, la seule conclusion que je pourrais tirer, c'est qu'il est fou et a besoin de se faire soigner.

Seul un fou pourrait avoir l'idée de franchir le Corrywreckan par des vents qui sont un peu plus qu'une douce caresse. Mais il y a des fous partout.

Où nous conduisez-vous, chefs de colonnes ? Connaissez-vous vraiment le monde, ou sommes-nous simplement livrés en pâture à vos biles tourmentées et avides de pouvoir et à vos psychismes pathologiques ? Connaissez-vous vraiment les montagnes, les mers, la nature des égarements et les fleuves des conditions ? Connaissez-vous les fourrés pleins de ruse des désirs, dans les forêts des mers humaines ? Etes-vous en mesure de comprendre les bégaiements dépourvus de forme, de couleurs et de mots d'esprit et de barbares sourds-muets ?

Nous savons que vous voulez *et* croyez *beaucoup de choses. Mais que* savez-*vous ? De quoi êtes-vous* capables ?

Vos vêtements sont soignés et vos gestes sont préparés, vos armadas et vos « aigles » vous obéiront peut-être pendant cent cinquante mois. Ensuite, votre temps touchera à sa fin. Ensuite, il s'agira de nettoyer après votre passage et de reconstruire les ponts. Les ingénieurs naïfs et habiles et *les rêveurs retors et assoiffés de puissance sont à la mode dans les cervelles d'oiseaux, mais sans cesse l'*Etre humain *resurgira, avec ses désirs* humains *et son âme* humaine, *au-delà des crises des empires de masse abattus.*

Car l'être humain est et restera ce qui était à l'origine et ce qui subsistera à la fin.

(*Kap Farväl!*)

Des ancres qui chassent et de la veille au mouillage

Etre à l'ancre dans une baie d'une beauté à vous couper le souffle, avec des phoques venant respirer à la surface de l'eau et des mouettes pour toute compagnie, c'est pour moi et certains autres comme approcher aussi près que possible du paradis. Mais tous ceux qui font de la voile savent aussi que les paradis solitaires peuvent se transformer en enfer en l'espace de quelques heures. La crainte que l'ancre ne chasse au milieu de la nuit, si le vent se lève et se met à tourner, a causé bien des insomnies à des plaisanciers revêtus de leur attirail cherchant à se repérer d'après des formes indistinctes à terre.

A Limhamn, nous avons rencontré un couple de Finlandais qui rentrait au pays après avoir passé trois ans en Méditerranée et dans les Caraïbes. Comme on le fait souvent, nous avons parlé mouillages, grosseur de chaîne et types d'ancres. Lui était toujours très calme lorsqu'il était à l'ancre quelque part. Elle, au contraire, ne parvenait pas à se détendre, lorsqu'ils flottaient ainsi sans bouger, loin de tout, totalement livrés à eux-mêmes.

Mais elle avait trouvé un remède à son mal. Elle attachait à son doigt l'une des extrémités d'un fil. Ce fil passait ensuite par l'écoutille avant, qui restait ouverte, et était attaché à la chaîne d'ancre. Si le vent se levait et la chaîne se tendait, le fil tirait sur son doigt et elle se réveillait aussitôt. Pourtant, son compagnon affirmait qu'il lui était arrivé pour sa part, au milieu de la nuit, de voir la main de sa compagne monter et baisser comme le bras d'une pompe sans qu'elle s'en aperçoive. Elle répondait que, bien entendu, elle ne se réveillait que si la secousse était violente. Et elle se disait très satisfaite de son système.

Je me situe quelque part entre ces deux extrêmes en matière de comportement.

Après avoir hiverné à Kinsale, nous avons quitté ce port le 1er avril, par un temps magnifique et un premier jour de printemps. Il soufflait une légère brise et le soleil faisait étinceler l'océan.

Nous sommes arrivés à Glandore tard dans l'après-midi et avons jeté l'ancre sous ses collines verdoyantes. Comme le vent était presque nul, le

Rustica s'est orienté dans le sens de la marée montante. Cela n'aurait pu être mieux. Le cockpit était baigné par le soleil de ce début de printemps et nous avons pris le café et le whisky en parfaite tranquillité, nous félicitant d'être partis le jour que nous nous étions fixé, bien que la saison de voile n'eût pas encore vraiment débuté.

Le lendemain, le vent soufflait force 8 et il pleuvait. Cela a continué ainsi pendant presque tout le mois que nous avons passé à tenter de longer la côte sud de l'Irlande. De grosses dépressions, lourdes de nuages gris et de pluie, montaient de l'Atlantique un jour sur deux et restaient suspendues au-dessus de chacun de nos mouillages. Cela finit par être lassant.

Après deux jours de vent d'ouest à Glandore, nous avons eu un jour de répit avant que la tempête suivante n'arrive, cette fois sous la forme des vents de sud-est annoncés, qui allaient rendre notre mouillage intenable. Nous avons levé l'ancre et gagné Castletownsend.

Cette dernière ville est fort curieuse. Elle est en fait constituée d'un château, d'un quai qui est à sec à marée basse et d'une unique rue qui disparaît dans le ciel. Celle-ci, bordée de maisons de pierre grise construites de travers, est si raide que les voitures se garent avec les roues braquées contre le bord du trottoir. On dit que les habitants finissent par acquérir une façon particulière de marcher, à force de la monter et de la descendre, depuis le port en bas jusqu'à la poste en haut. Cela nous a paru confirmé par le spectacle de dames d'un certain âge qui gravissaient cette pente abrupte en se penchant très fortement vers l'avant.

C'était ma seconde visite et nous avons jeté l'ancre au même endroit que l'année d'avant, à une encablure du quai, en tenant bien compte de la différence de trois mètres entre marée haute et marée basse. L'ancre a croché dès la première tentative, lorsque nous avons fait marche arrière à pleine vitesse au moteur.

S'assurer que l'ancre croche en faisant marche arrière est encore quelque chose que nous avons appris à force de naviguer dans des eaux exposées. Chez nous, il arrive fréquemment de voir des gens laisser filer l'ancre et commencer à mettre la table du dîner avant même qu'elle ait atteint le fond.

Dans les eaux britanniques, jeter l'ancre est toute une procédure. D'abord, toutes ou presque ont une chaîne. Ce ne peut être un hasard si presque toutes celles qui commencent à chasser lorsque le vent tourne et forcit d'un cran ont seulement un bout. De plus, on ne voit que des ancres de marque fiable : Bruce, CQR, Delta, Danforth et maintenant Fortress. Les contrefaçons ne tiennent pas longtemps. Pas plus que les ancres légères. Ensuite, il est nécessaire de s'assurer que l'ancre croche véritablement. D'où la marche arrière et une soigneuse prise de relèvements pour vérifier que le bateau est bien immobilisé. Car une chose est certaine : si l'ancre n'est pas capable de résister à un moteur qui fait marche arrière à pleine vitesse, elle ne maintiendra pas non plus le bateau là où il est en cas de coup de vent.

Les vrais enthousiastes laissent en outre la clé du moteur en place et la grand-voile endraillée, lorsqu'ils sont au mouillage. Pour ceux qui s'y connaissent, il n'est bien sûr pas question de mettre le taud, quand on est à l'ancre. La chaîne doit également être étalinguée, sous le pont, par une grosse garcette qui soit facile à couper au couteau si l'on ne parvient pas à décrocher l'ancre lorsque l'on doit bouger ou partir. Avant que l'ancrage ne soit considéré comme terminé, on porte sur la carte un cap permettant de quitter le mouillage en toute sécurité, on programme le GPS et on met l'alarme du sondeur.

Ce n'est que lorsque tout cela est accompli qu'on peut légitimement se permettre de jouir de la paix du mouillage. Mais, malgré ces préparatifs et mesures de sécurité, rien ne garantit qu'on pourra conserver son calme et son sang-froid lorsque cela commencera à souffler pour de bon.

Lorsque nous avons jeté l'ancre à Castletownsend, en ce jour de répit entre deux profondes dépressions, le soleil brillait et le vent était faible. Mais dès le soir, vers dix heures, il soufflait de l'ouest-sud-ouest à force 8. Helle et moi sommes allés nous coucher mais je n'ai pas pu m'endormir car je surveillais de l'oreille le grincement de la chaîne sur l'écubier. J'ai fini par me lever et enfiler un pantalon de ciré, des bottes et des vêtements chauds avant de m'asseoir à la table de navigation, d'allumer une bougie et une cigarette, de me verser une tasse de café et de rester à regarder fixement par le hublot afin de vérifier nos relèvements par rapport à différentes lumières à terre. C'était à peu près impossible. Les rafales ne cessaient de changer de direction et la position du *Rustica* variait de plus de quatre-vingt-dix degrés de l'une à l'autre. De temps en temps, je montais sur le pont, j'allais me poster à la proue, je regardais les cent kilos de chaîne tendus comme un câble et tentais de procéder à de nouveaux relèvements. Je suis allé jusqu'à coller l'oreille contre la chaîne, pour tenter de déceler le ferraillement particulier de l'ancre qui racle le fond, indiquant qu'elle est en train de chasser.

Au petit matin, j'étais fatigué et je n'avais pas les yeux en face des trous. Aux premières lueurs de l'aube, j'ai pu constater que nous n'avions pas bougé d'un centimètre et que l'ancre tenait donc bon. Elle avait dû s'enfoncer de plus d'un mètre dans la vase. Je suis allé me coucher et j'ai dormi comme une souche.

Plus tard dans la journée, le vent a viré au nord-ouest, un soleil dur et avare est réapparu et le vent a de nouveau forci pour atteindre la tempête. Helle et moi avons gagné la terre à la rame, non sans mal, et sommes allés faire une promenade le long de la mer, très agitée. Lorsque nous sommes revenus, nous avons vu le *Rustica* ballotté d'un côté à l'autre. L'ancre tenait certes bon, mais que se passerait-il si le vent forcissait encore ? Nous avons décidé de chercher un mouillage plus abrité. Au fond de la baie, derrière une pointe, il semblait y avoir de la place pour un bateau, si la hauteur d'eau était suffisante. Ce n'était sûrement pas un hasard si les rares unités de pêche de Castletownsend étaient mouillées à des bouées juste derrière cette pointe. Nous avons levé l'ancre et gagné l'endroit au moteur. A quatre reprises, nous avons tenté de faire crocher l'ancre. Pour finir nous avons emprunté une bouée, en espérant qu'elle n'ait pas de propriétaire pour le moment. Nous sommes restés là une semaine entière, tandis que dépressions et coups de vent continuaient à balayer le sud de l'Irlande. Mais lorsque ce cortège a enfin cédé la place à la haute pression tellement attendue, celle-ci s'est installée, avec un gradient très prononcé, juste à l'endroit où nous nous trouvions et nous avons alors eu droit à un coup de vent du nord pendant vingt-quatre heures. Malgré la haute pression. Quand la chance n'est pas avec vous...

Lorsque ce nouveau coup de vent a enfin cessé, nous nous sommes hâtés de gagner Baltimore, où nous devions aller rendre visite à Dermott et Diana Kennedy, que nous avions rencontrés l'année précédente. Nous avons jeté l'ancre dans la rade, juste à l'extérieur du port, à nouveau sous un soleil magnifique et par vent léger.

Ce répit-là a aussi duré un jour. Le soir même, la météo annonçait un coup de vent du sud-est force 7 à 8. Nous nous sommes regardés, incrédules. Notre seule consolation était que nous étions bien abrités, justement, du vent du sud-est. Mais, deux jours plus tard, il a viré à l'ouest et nous avons alors eu un mille entier d'eau libre devant notre proue. Dermott est venu nous rejoindre dans son canot et nous a offert de nous prêter sa bouée, derrière une petite pointe, un peu plus loin. Nous avons accepté avec joie, car nous avions remarqué que nous commencions à chasser.

Nous sommes restés amarrés à la bouée de Dermott une semaine de plus, sous de violents coups de vent et par une pluie battante. Un jour, cela soufflait tellement que nous n'avons pas pu nous rendre à terre. Pas à cause de vagues trop grosses, mais parce que nous n'arrivions pas à ramer contre le vent, dans le Zodiac. Il était donc plutôt risqué de tenter de gagner la terre, mais surtout de rejoindre le *Rustica* : avec le vent dans le dos, le canot avait tendance à planer sur l'eau et il fallait viser juste, pour ne pas manquer son but au passage et devoir ensuite lutter pendant des heures contre le vent.

Avoir sans cesse ces vents violents dans les oreilles, même si l'on est ancré de façon sûre, finit par être lassant. La situation a encore empiré du fait que, plusieurs jours de suite, nous avons reposé sur le fond pendant une heure à chaque marée basse. Nous étions arrivés à Baltimore juste au moment où l'amplitude est la plus grande et la hauteur d'eau ne suffisait pas pour le tirant du *Rustica.*

Que fait-on, au cours de journées pareilles? va-t-on me demander. On lit de bons livres, on bavarde, même si cela ne va pas très loin, on fait la cuisine et on mange, on écoute de la musique et la radio, volontiers dans quelque langue étrangère et exotique, on répare quelque chose sur le bateau, on prépare la suite du voyage ou de futures expéditions en naviguant à sec sur la carte marine et portant des caps et des distances, on reste assis dans le cockpit à regarder le ciel, l'eau et la nature, on boit une bouteille de vin le soir venu. Pour ma part, en plus de cela, je polis des pierres et j'écris des livres. Tant que j'ai ce qu'il me faut à bord, ce n'est pas une punition pour moi de ne pouvoir gagner la terre pendant quelques jours. La seule chose qui puisse me taper sur les nerfs c'est le vent et le fait que jamais, pas une seule seconde, il ne se tait. On s'habitue certes, mais pas à tout et pas éternellement. Au bout d'un moment, on est capable de distinguer la chute d'une aiguille, au milieu du hurlement du vent.

Du cap de la Colère au Bout du monde

Car voyager, ce n'est pas parcourir la Toscane en riant ni apprendre l'art de jongler avec des oranges au beau soleil de la Sicile. Voyager, cela peut consister à avancer péniblement, pouce par pouce, à la surface de la terre.

(Resor utan mål)

| *Larguer les amarres*

Il a été écrit un nombre incalculable de livres sur la façon de larguer les amarres, au sens propre comme au figuré. On peut certes estimer que le premier n'est qu'une bagatelle, comparé à la difficulté qu'il y a à trancher les liens avec la vie et les êtres humains à terre. Larguer un bout ne doit pas être très difficile, se dit-on.

C'est pourtant une erreur, car il arrive qu'il soit, en effet, difficile de quitter le quai, alors que le vent souffle du large, ou de s'éloigner d'un ponton en marche arrière, alors que le courant traverse la marina à la vitesse de deux nœuds. A Tréguier, par exemple, il est à peu près impossible d'appareiller ou d'accoster en dehors du moment où la mer est étale, à moins d'être né dans la région et de connaître l'art de naviguer de travers entre les pontons. Il ne faut cependant pas surestimer les difficultés pratiques en la matière. On peut toujours attendre que le vent tourne ou que le courant soit moins fort.

Il est moins facile de se décider à prendre la décision de larguer les amarres au sens figuré. Il y a des gens qui passent la moitié de leur vie à rêver de leur voyage sans jamais réussir à partir. Il y en a même qui préfèrent échafauder des projets plutôt que les réaliser. Et pourquoi pas ? Voyager en imagination peut sans aucun doute apporter autant de satisfactions. Et cela coûte moins cher.

En revanche, je doute que les voyages imaginaires soient toujours parfaitement calmes et paisibles. Si l'on va trop loin et l'on navigue trop longtemps, la folie vous guette à l'arrivée.

Ce ne sont pas les clichés qui manquent. On les trouve partout, ces vérités toutes faites, éculées au point de vous empêcher de penser clairement et faussant les sentiments. Car où ceux-ci prennent-ils naissance ? Dans ce que nous *estimons* être la réalité, y compris celle que nous portons en nous. Seuls ceux qui croient aux fantômes en ont peur. Seul celui qui croit que Dieu existe a des raisons de le craindre. Seul celui qui s'imagine que l'être humain est méchant et égoïste de nature le traite en conséquence.

L'un de ces clichés éculés est le suivant : préparer un voyage, c'est la moitié du plaisir.

Si c'était vrai, il suffirait de préparer deux voyages et de rester à la maison. Non, préparer un voyage peut être un plaisir et une stimulation insurpassable pour l'imagination, mais ce peut également être une version atténuée de l'enfer. Tout dépend.

Larguer les amarres au sens figuré peut être un soulagement à nul autre pareil. Mais cela peut aussi consister à faire des adieux déchirants à des parents, des amis et des proches mourant d'inquiétude. Couper le cordon ombilical est pour certains le symbole même de la liberté, pour d'autres c'est s'exposer à tous les dangers.

On pourrait dire, avec Jung, que les adieux, sous toutes leurs formes et leurs nuances, sont l'archétype de l'expérience humaine. Personne ne peut mener une existence entière sans trancher des liens, même si cela ne se produit pas avant le décès de ses parents.

En matière de littérature, je suis omnivore. Deux de mes livres favoris sont *Le Roman du Graal*, de Chrétien de Troyes, et *Un beau matin d'été,* de Laurie Lee. Plus de sept cents ans séparent ces deux œuvres. Comment pourraient-elles donc avoir quelque chose en commun ? Le livre de Chrétien de Troyes, rédigé en 1180, parle de la quête du Saint Graal, à laquelle se livrent Perceval et Gauvain. Nous sommes à la cour du roi Arthur, les miracles sont légion, les belles princesses et les aventures fantastiques coulent à profusion d'une source magique qui ne tarit jamais. Le livre de Laurie Lee est bien différent, apparemment. C'est l'histoire d'un jeune Anglais, Laurie Lee en personne, qui est un jour pris du désir de voir le monde, avec son violon pour unique compagnie. Il quitte son foyer à pied, prend le bateau pour l'Espagne, où il erre en jouant du violon pour trouver où se loger et de quoi manger un peu, sans se soucier de la marche du monde et de la méchanceté de celui-ci, jusqu'au jour où la guerre civile espagnole le rattrape. Il est renvoyé dans un pays d'où, bientôt, personne ne pourra partir, sauf pour aller à la guerre et risquer de mourir.

On le voit, rien ne peut paraître plus différent que ces deux récits. L'un parle de preux chevaliers en quête de ce mystérieux Graal qui ne cesse de leur échapper. L'autre d'un jeune homme qui erre dans l'Espagne du XXe siècle.

Mais il n'est pas besoin de lire beaucoup de chaque pour trouver au moins un point commun : les adieux du fils à sa mère.

Sa mère qui l'aime si fort l'embrasse. « Beau fils, beau fils, que Dieu vous garde et toujours vous guide en sa voie ! Et qu'il vous donne plus de joie qu'il ne m'en reste ! »

Quand le garçon s'est éloigné de la distance d'un jet de pierre, il tourne la tête en arrière et il voit sa mère tombée comme une morte au pied du pont.

De sa baguette il cingle la croupe de son cheval et il s'en va à grande allure (pour s'empêcher de revenir) parmi la grand-forêt obscure [1].

Penchée en avant, dans l'herbe jusqu'à la ceinture, la silhouette de ma mère, accrochée là comme un boule de laine de mouton, est la dernière chose que je vis en quittant la maison pour partir à la découverte du monde. Vieille et courbée, du haut du talus, une main noueuse et rouge levée en l'air en signe d'adieu et de bénédiction, elle me regarda m'éloigner sans rien dire, sans remettre en cause la raison qui me poussait à la laisser. Arrivé à la courbe du chemin, je me retournai : derrière elle mourait une lumière d'or. Après le tournant, je dépassai l'école du village, et mis ainsi un point final à cette partie-là de ma vie [2].

Deux jeunes gens partent en voyage en laissant derrière eux leur mère et toute une vie, peut-être pour ne plus jamais revenir. Pourquoi partent-ils ? Qu'est-ce qui les force à quitter ce qu'ils ont de plus cher, en risquant de le perdre pour toujours ?

1. *Perceval ou le Roman du Graal*, édition Folio, p. 45. [N.d.T.]
2. *Un beau matin d'été*, traduction Robert Pépin, Phébus, 1987, p. 17. [N.d.T.]

En lisant ces deux passages, j'éprouve un curieux sentiment de *déjà vu*[1], il me semble être en présence d'un événement, plein de tristesse et de nostalgie, qui s'est répété des milliers de fois à travers l'histoire.

Quand je pense à toutes les guerres qui ne cessent de se dérouler sur notre terre, j'ai souvent à l'esprit les adieux, ainsi que les mères et les pères, les filles et les fils, les fiancées et les amoureuses qui voient le jeune homme partir pour la guerre. Comment peuvent-ils le laisser s'en aller ? Mais je pense aussi aux millions d'émigrants de l'histoire, à tous ceux que l'on qualifie maintenant de travailleurs immigrés et qui sont aussi méprisés et maltraités que les émigrants étaient jadis admirés et respectés pour leur audace et leur foi en l'avenir.

Il m'arrive aussi de penser à moi-même. Lorsque j'avais sept ans, mon père s'est noyé au cours d'un accident de bateau sur un lac du Västmanland, avec six autres adultes et deux garçons. Ce lac s'appelait Nedre Vettern. Mon grand-père maternel, que je n'ai jamais connu, s'est lui aussi noyé au cours d'un accident de bateau, dans un lac à proximité de Jönköping et d'un autre lac, le Vätter.

---

1. En français dans le texte. [N.d.T.]

Et pourtant, j'ai voué ma vie à l'eau et à la mer. J'ai commencé comme plongeur, je suis devenu moniteur et j'ai continué avec la plaisance. Mon premier bateau, je l'ai acheté à l'âge de vingt ans, bien avant le *Skum*, pour cent cinquante couronnes. C'était un *bohusjulle*, genre de dériveur du type vaurien, qui était au sec au bord d'une petite rivière, juste à l'est de Kåseberga, sur la côte sud de la Scanie. Le mieux qu'on puisse en dire, c'est que sa coque était étanche. J'ai acheté une paire d'avirons et décidé de gagner Malmö à la rame. Avec une combinaison de plongeur pour tout équipement de sécurité, j'ai appareillé par une chaude journée de printemps et traversé la baie d'Ystad. Je ne me suis pas écarté à plus de deux milles de la côte, mais ma trajectoire coupait celles des gros ferries venant d'Allemagne et de Pologne. Le temps était calme et je suis arrivé à Abbekås tard le soir. J'ai tiré le bateau sur la grève et dormi dans mon sac de couchage. Le lendemain matin un vent d'ouest s'était levé et il y avait des vagues d'un mètre. J'ai appareillé mais, comme le courant était contraire, je n'ai pas pu avancer et, au bout de deux heures, je suis revenu à Abbekås, où j'ai laissé le bateau sur la grève, et suis rentré à Lund par le bus.

Aujourd'hui, je m'étonne de ma témérité et d'avoir été aussi totalement écervelé. Il aurait suffi que se lève un vent du nord, alors que je me trouvais au milieu de la baie d'Ystad, pour que je ne puisse pas regagner la terre. Naturellement, je n'avais même pas pris la précaution d'écouter le bulletin météo.

J'ai une mère dont le père et le mari se sont noyés. Et pourtant je prends la mer sans tenter un seul instant de m'imaginer ce qu'elle va ressentir lorsque j'appareille pour traverser la mer du Nord à bord de mon voilier ou lorsque je lui dis que j'ai l'intention de partir en mer pour un ou deux ans à bord du *Rustica*. S'il m'arrive d'y penser, c'est de façon stratégique, par exemple en m'abstenant de téléphoner pour lui dire que nous avons l'intention d'appareiller le lendemain, dans l'idée qu'il sera plus facile pour elle de réprimer son inquiétude si elle peut se persuader que je ne suis pas en mer alors que la météo parle de coup de vent force 7 ou 8 sur Fisher, au large de Thyborøn.

L'idée que je ne devrais pas appareiller ne m'effleure pas. Comme tant d'autres, comme Perceval et Laurie Lee et des centaines de milliers d'autres, je pars sans me retourner. Qu'est-ce qui pousse des gens comme nous, plaisanciers ou non ? Loin de moi l'idée de flirter avec la mort, de me venger et de vaincre ce même élément liquide qui a coûté la vie à mon père et à mon grand-père ou de rendre mes proches fous d'inquiétude.

Mon père avait un bon ami plus âgé que lui, Vilhelm Norström, qui m'a accueilli, après sa mort, comme si j'étais adulte et comme si j'étais moi aussi son ami, malgré mon jeune âge. Il était employé municipal. Il creusait des fossés et faisait partie de ce qu'on a par la suite qualifié de réserves de compétences de la classe ouvrière, sans jamais avoir la possibilité d'utiliser celles-ci pour jouir de meilleures conditions de vie sur le plan matériel. Sur ses étagères, les volumes de Nietzsche et de Pascal voisinaient avec les écrivains suédois les plus éminents. Vilhelm avait conçu sa propre philosophie, basée sur ses expériences quotidiennes et sur ses lectures. Je me souviens encore de certaines de ses questions et de ses réflexions. L'une, en particulier, s'est gravée dans ma mémoire :

— As-tu jamais pensé à quel point l'être humain est paresseux, m'a-t-il dit, un jour. S'il est possible de prendre un raccourci, au coin d'une rue, en passant sur une pelouse, tout le monde le fait ou à peu près. Et un sentier finit par se former à cet endroit, même s'il ne faut que quelques secondes de plus pour suivre le trottoir. Mais il existe aussi des gens qui escaladent l'Everest. Est-ce que tu peux expliquer ça ?

J'en étais bien entendu incapable. Et le suis toujours. Je ne suis même pas sûr de le vouloir.

Il peut pleuvoir, neiger ou faire du soleil. Il ne fera jamais faux bond. Je le sais. La porte s'ouvre lentement et il entre, comme il l'a toujours fait, le visage un peu triste et les yeux légèrement dans le vague. Il regarde autour de lui, un peu intimidé. Non, c'est désert, parfait. Ses lourds sabots claquent sur le sol. Il s'efforce de marcher sans faire de bruit mais n'y parvient pas et le vacarme est affreux, à l'intérieur.

Il arrive largement à l'heure pour tous les trains. Au moins une demi-heure ou une heure à l'avance.

Lui, le garçon qui ne pourra jamais partir !

(*Kap Farväl !*)

| *De la liberté*

Lorsque Helle et moi sommes passés entre les deux grosses jetées de béton de Thyborøn, nous étions déjà en mer du Nord par la pensée. A l'endroit appelé Nissum Breddning, nous avions entendu les prévisions météorologiques danoises pour la semaine à venir, qui annonçaient cinq journées dépourvues de vent en mer du Nord, avec la seule réserve de la possibilité d'un coup de vent du sud-est « vers la fin de la période ». Après une brève discussion, l'équipage à deux têtes a unanimement décidé d'appareiller le lendemain matin, en application du principe « plutôt pas assez de vent que trop ».

Sitôt amarrés, nous avons entamé les préparatifs. Tandis que Helle cuisinait dans la Cocotte-Minute un morceau de viande bien épicé prévu pour deux dîners, j'ai acheté des bidons supplémentaires, que j'ai remplis de mazout. Nous avions calculé que cela nous permettrait de naviguer au moteur sur les deux tiers de la distance nous séparant de l'Ecosse. Cela devait suffire. Il était quand même très peu vraisemblable que nous n'ayons pas du tout de vent au cours des trois jours que devait prendre la traversée d'après nos estimations.

Plus tard dans la soirée, les préparatifs achevés, je me suis assis à la table de navigation pour feuilleter le *Reed's Nautical Almanach*, un de ces livres fourmillant de renseignements sur absolument tout ce dont on peut avoir besoin en mer. Je me suis surtout intéressé au chapitre sur le temps et la météorologie. Le hasard a voulu que je tombe sur l'indication du canal, de la fréquence et de l'horaire des bulletins norvégiens, que je n'avais encore jamais écoutés. J'avais bien assez des danois, suédois, anglais. Il n'est jamais bon d'être trop nombreux autour de la marmite... Mais, comme je n'avais rien d'autre à faire et qu'il n'y avait que dix minutes à attendre, j'ai mis la radio. Et qu'ai-je entendu ? Qu'un avis de coup de vent force 7 à 8 était émis pour la plus grande partie de la mer du Nord. Je me suis dit que c'était une erreur, puisque Danois et Anglais étaient d'accord pour prédire le calme plat.

Le lendemain matin, je me suis levé à six heures du matin pour capter le premier bulletin danois. Les Danois avaient changé leur fusil d'épaule et parlaient maintenant de coup de vent.

Les Norvégiens avaient peut-être raison, après tout.

Le vent s'est levé le même jour, du nord-ouest, lourd et dur. Au lieu de voguer sur une mer d'huile, nous avons dû rester terrés pendant une semaine derrière les solides jetées de béton de Thyborøn, avec ce vent qui sifflait dans le gréement.

Nous nous sommes estimés heureux de ne pas avoir eu le temps de partir avant. La mer du Nord agitée, ce n'est pas un spectacle très rassurant. Mais le plus agréable, c'était de savoir que le moment de notre départ n'avait aucune importance. Nous avions tout le temps qu'il nous fallait et nous pouvions attendre. Nous pouvions même ne pas partir, rester à Thyborøn un an ou deux et hiverner au bord de la mer du Nord. Nous pouvions faire demi-tour, partir vers le sud et emprunter les canaux pour gagner la Méditerranée. Nous pouvions même retourner à Dragør. Nous avions de l'argent pour au moins trois ans de navigation mais aucun projet qui ne souffrît d'être modifié si tel était notre bon plaisir ou à cause du temps et du vent. Personne ne nous attendait, au-delà de l'horizon. Personne n'attendait notre retour. Bref, nous pouvions faire à peu près tout ce dont nous avions envie. Nous étions aussi libres qu'on peut espérer l'être de ce côté-ci de la tombe.

Mais au fait, qu'est-ce, être libre ? Pour moi, c'est assez simple, en partie : la liberté, c'est un bateau déjà payé et assez d'argent pour pouvoir vivre un an ou deux sans autres projets que ceux qui peuvent être modifiés sans préavis. La liberté, c'est se réveiller dans la cabine du *Rustica* ou ailleurs sans être obligé de faire quoi que ce soit de particulier. C'est être tranquillement au port et savoir qu'on peut appareiller à n'importe quel moment pour n'importe quelle destination. C'est faire uniquement ce qu'on a décidé, quand on en a envie. La liberté, c'est un agenda dont toutes les pages sont vierges, une histoire à laquelle on n'a pas mis le point final.

Mais est-ce bien tout ?

En 1971, à l'âge de dix-neuf ans, j'ai été appelé pour faire mon service militaire. Ce fut une mauvaise surprise : j'avais totalement occulté l'idée que je devais passer une année sous les drapeaux, après le baccalauréat.

J'avais à peine franchi les grilles de la caserne de Karlsborg que le sentiment de scepticisme et de refus que je nourrissais s'est pleinement épanoui. Le premier choc est survenu lorsque nous sommes allés chercher nos uniformes et avons reçu l'ordre de les mettre. Depuis ma jeunesse, j'étais un solitaire qui avait l'habitude de suivre son propre chemin et de fuir le troupeau. Je n'avais jamais beaucoup aimé jouer en groupe.

Mais ce n'est que lorsque j'eus enfilé l'uniforme et vu les autres et moi-même entreprendre la mutation voulue par les militaires qui devait faire des individus que nous étions des recrues et nous changer en une série de matricules, que j'ai compris à quel point mon refus était profondément ancré en moi. Le simple fait d'être revêtu d'un uniforme me faisait me sentir mal, physiquement. C'était comme si j'avais passé une camisole de force, comme si ma vie était menacée.

Ce n'était bien entendu que le premier pas d'un long processus qui devait faire de nous une troupe, c'est-à-dire une unité de l'armée suédoise en mesure de combattre. Nous devions non seulement faire notre lit et cirer nos chaussures de la même façon, mais le faire ensemble et en même temps. On nous demandait d'aller dans la même direction, mais aussi de marcher du même pas.

Je me souviens surtout du sergent qui devait nous apprendre à cirer nos chaussures. Il hurlait ses ordres comme si c'était une question de vie ou de mort et si nous étions une bande d'imbéciles à la cervelle d'oiseau. Assis en face de cet homme qui vociférait, je protestais à ma façon en regardant obstinément par la fenêtre, derrière lui – sans pour autant perdre un mot de ce qu'il disait. Si bien que, chaque fois qu'il me disait : « Répétez, Larsson ! », je lui servais mot à mot ce qu'il venait de dire.

Mais les militaires et leurs ordres n'étaient pas seuls à m'inspirer des sentiments négatifs, pour avoir recours à un euphémisme. Le vendredi, juste avant le déjeuner, nous avons dû aller chercher nos fusils. Le simple fait de tenir une arme m'inspirait du dégoût. Il était cependant clair que tous ne partageaient pas mes sentiments. Plusieurs autres recrues et futurs officiers sont sortis du magasin en brandissant leur fusil en l'air.

— On va aller tirer ! criaient-ils.

Comme s'ils partaient jouer aux cow-boys et aux Indiens.

Moi, je n'avais qu'une seule idée en tête : l'arme que je tenais entre mes mains pouvait tuer des êtres humains qui n'avaient qu'une seule et unique vie à vivre.

Le lundi, nous devions faire l'exercice, marcher au pas et faire demi-tour. Cela se passait dans une vaste cour en terre battue, par un magnifique soleil de printemps. Cette fois encore, c'était le sergent qui était chargé de nous enseigner les rudiments de cet art. Il criait ses ordres en un flot verbal qui ne tarissait jamais :

— En avant, marche ! Demi-tour à gauche ! Demi-tour à droite ! Marquez le pas !

Nul n'a été surpris lorsqu'il nous a dit, comme toujours en pareil cas, que nous étions bêtes à manger du foin et autres gentillesses du même genre. Il s'en est pris particulièrement à moi, à une ou deux reprises, sûrement à juste titre de son point de vue. Tout mon corps, soutenu par mon cœur et par ma tête, luttait pour résister à l'entreprise de nous enseigner ce qu'on appelle – expression significative — la *discipline aveugle.*

Il y avait peut-être une heure que nous marchions ainsi, faisions demi-tour, nous arrêtions, repartions et adoptions la position « repos », lorsque le sergent a crié les mots qui m'ont tiré de ma torpeur :

— *Vous êtes là pour apprendre à obéir sans réfléchir !* a-t-il hurlé.

Seul parmi ce groupe de trente futurs officiers de réserve, je me suis arrêté et suis resté immobile.

— Qu'est-ce que vous faites, Larsson, bon Dieu ? a-t-il demandé.

— Sergent, je demande la permission d'aller parler au colonel !

Je ne saurai sans doute jamais comment j'ai eu l'intelligence de prononcer ces paroles-là et non pas d'autres. Car c'était précisément celles qu'il fallait. Si j'avais eu la mauvaise idée de répliquer, je me serais en effet rendu coupable du pire des crimes qu'on puisse commettre à l'armée : refuser d'obéir aux ordres « sur le front des troupes ». Il n'y a rien que les militaires craignent autant que le refus d'obéissance, car cela risque de saper la discipline et le moral des combattants. À la guerre, c'est en général passible de la peine de mort. C'est assimilable à la haute trahison et considéré comme une mise en péril de la sécurité de la nation.

Le sergent m'a accordé cette permission sans me demander mes raisons. Peut-être comprenait-il qu'il avait poussé le zèle un peu loin et que cela ne ferait qu'aggraver la situation, pour lui, s'il me demandait pourquoi je voulais voir le colonel.

J'ai laissé les autres continuer à faire l'exercice sous ce soleil magnifique. Dès que j'eus tourné le dos au sergent et au reste de la troupe, j'ai su que je venais d'apporter ma dernière contribution à l'armée suédoise. Je me sentais énormément soulagé et extrêmement joyeux. L'enfer était terminé, presque avant d'avoir commencé.

Aujourd'hui encore, je suis surpris de ma décision. Je n'avais pas la moindre idée, par exemple, des conséquences que pouvait avoir mon geste. Cela n'était nullement entré en ligne de compte dans mes « supputations » – si c'est le mot qui convient pour cette succession de sentiments et d'idées qui s'étaient imposés à moi et avaient pris de la force au cours des trois jours que j'avais passés sous les drapeaux. Cette décision était venue de l'intérieur et j'ai su que c'était la chose à faire en ce qui me concernait. Il n'y avait pas l'ombre d'un doute, pas la moindre crainte des conséquences, pas la moindre voix venant d'où que ce soit pour élever des objections et m'inciter à la réflexion et à la prudence. Je ne saurais mieux décrire l'état d'esprit dans lequel je me trouvais que par l'expression consacrée : ivre de bonheur.

Le colonel m'a reçu l'air légèrement étonné. Il n'avait pas la moindre idée de ce dont il s'agissait.

Je lui ai aussitôt expliqué que je n'avais pas l'intention de rester et que ma décision était irrévocable. Je lui ai dit ce que le sergent m'avait crié, en ajoutant que je ne comprenais pas que l'armée suédoise puisse compter dans ses rangs des gens capables de hurler de pareilles inepties.

Le colonel m'a fait l'effet d'être assez sympathique et honnête. Au cours de notre premier entretien, il ne s'est livré à aucune tentative pour me faire revenir à des conceptions plus orthodoxes, se contentant de me demander si je ne voulais pas laisser passer la nuit avant d'en reparler. Il a dit cela si gentiment que je n'ai pas pu refuser. Mais mon premier geste en revenant au quartier a été de faire ma valise, de rendre mon uniforme et mon fusil et d'enfiler mes vêtements civils. Puis je me suis allongé sur mon lit pour jouir de l'existence.

La curiosité était grande, lorsque mes camarades de chambrée sont revenus. Je leur ai expliqué ce qu'il en était et que j'avais l'intention de rentrer chez moi. J'ai vu une lueur s'allumer dans l'œil de certains, chez d'autres surtout de l'étonnement et de la réprobation. Il y en avait qui semblaient trembler à l'idée que quelqu'un pût oser faire une chose pareille. On aurait dit qu'ils étaient pris de vertige. Le commentaire le plus fréquent a été :

— Tu oses !

Ce n'est qu'après avoir vu leurs réactions, écouté leurs questions et remarqué leurs coups d'œil à la dérobée que j'ai compris que je m'étais rendu coupable d'un acte pouvant soit choquer soit susciter l'admiration, d'un acte qui possédait une portée morale au-delà du simple fait de me sauver moi-même.

Vers dix heures j'ai à nouveau été reçu par le colonel. Cette fois, il a tenté de me faire changer d'idée. Il a essayé de me persuader, en utilisant pour cela des arguments d'ordre rationnel, que la Suède devait posséder une défense forte. Mais la discussion sur la politique de défense et la stratégie en cas de guerre n'a pas duré longtemps. Je lui ai fait comprendre que ce n'était pas là que le bât me blessait. Ma décision n'était pas le fait d'une conviction politique rationnelle.

Lorsque le colonel a compris que j'étais fermé à tout raisonnement d'ordre stratégique, il m'a aussitôt proposé le statut d'objecteur de conscience, c'est-à-dire d'accomplir mon service militaire sans porter les armes. J'ai également refusé cela sans ambiguïté. Je détestais déjà la violence, à l'époque, et la déteste toujours, mais je ne suis pas un pacifiste radical. Pas plus que le précédent, ce refus n'était mûrement réfléchi ni une décision d'ordre rationnel. J'étais parfaitement sûr de la position que j'adoptais mais, paradoxalement, j'étais tout aussi peu conscient de mes motivations profondes.

Je me souviens que le colonel m'a alors serré la main et souhaité bonne chance, en m'expliquant que j'allais être déféré devant un tribunal civil. Dans l'attente du jugement, j'étais renvoyé dans mes foyers, comme on dit. Avant de pouvoir quitter la caserne, j'ai pourtant dû passer par le bureau de l'intendance, pour qu'on me remette un ordre de mission me permettant d'obtenir un billet de chemin de fer et de toucher ma solde, soit vingt et une couronnes, sept pour chacun des jours que j'avais passé sous les drapeaux ! J'ai dit au colonel que je faisais volontiers cadeau de cette somme à la Défense nationale. Mais tout devait se passer dans les formes. Il a fallu que je me dépêche de toucher mon argent avant l'heure du déjeuner, car je ne voulais pas rester un instant de plus.

Sauf après certaines traversées dont j'ai déjà parlé, j'ai rarement été aussi profondément heureux et satisfait que lorsque je me suis retrouvé dans le train pour rentrer à Jönköping. J'avais l'impression que mon corps et mon âme étaient un instrument de musique parfaitement accordé. Pas une seule fausse note, pas un seul bruit discordant. J'avais pris une décision qui était totalement en accord avec mon être profond et mes convictions les plus intimes, quelles qu'elles aient été.

J'ai refusé à trois reprises. A trois reprises également, je suis allé en prison, pour un total de cinq mois. C'est le prix que j'ai dû payer pour avoir le droit de décider quand, où et pour quoi j'étais prêt à risquer ma vie et la sacrifier. Mais il m'a fallu plusieurs années pour comprendre ce qui se dissimulait, en fait, derrière ces sentiments puissants qui m'avaient incité à adopter cette conduite sans réfléchir un instant à ses conséquences. Au fond de tout cela se trouvait le besoin de liberté. Le service militaire, et surtout l'obligation d'aller faire la guerre, n'étaient que des exemples de ce qui venait empiéter sur cette liberté. Mais c'était la pire contrainte de toutes, celle qui consistait à être obligé de risquer et peut-être de sacrifier sa vie sans être d'accord pour cela.

Lors du procès, après mon troisième et dernier refus, j'ai fait un petit discours. J'ai expliqué que c'était l'un des droits de l'homme, plus important que tous les autres, de décider quand et pour quelles raisons il était prêt à mettre sa vie en jeu et que, par exemple, c'était le droit des jeunes Américains de refuser de risquer leur vie au Vietnam ou des jeunes Russes de faire la même chose en Afghanistan. Le service militaire n'était pas ce qu'il y avait de plus grave. Ce à quoi je m'en prenais, c'était l'obligation d'aller faire la guerre.

Mon discours n'a pas servi à grand-chose, puisque j'ai été condamné à deux mois de prison de plus. Quelques semaines après le procès, j'ai reçu communication du verdict. J'étais curieux de voir ce qu'il était advenu de mon discours, qui avait été enregistré. Mais, à la rubrique « motif de la condamnation », il y avait simplement marqué :

M. Larsson ne veut pas que d'autres décident de ce que M. Larsson veut faire !

Je ne peux nier qu'il y eût une part de vérité dans le portrait un peu laconique qui était ainsi fait de moi. Mais le cœur de l'affaire reste le droit d'être maître de sa propre vie, depuis le fait très banal de se trouver à bord de son propre bateau sans avoir de projets bien définis pour l'avenir ni d'agenda à respecter, jusqu'au sentiment profondément ancré d'avoir le droit de décider de son existence. Les horloges-pointeuses sont pour moi le symbole du plus extrême refus de la vie. Le voilier, en revanche, est celui de la liberté qu'il est possible de connaître et de mettre en pratique sans que cela nuise à quiconque.

Bien des gens, peut-être même la plupart, pensent que la liberté est un bien absolu. Peu de mots sont aussi chargés de connotations positives que celui de « liberté ». Pourtant, nombreux sont ceux qui se sentent libres tout en opprimant les autres. Il y a des gens qui, du fait de leur fortune, sont aussi libres qu'on peut l'être alors qu'ils ont amassé leur fortune aux dépens des autres. La relative liberté dont nous jouissons dans ce que nous appelons nos démocraties éclairées à l'occidentale est largement le résultat de l'exploitation systématique des pays du tiers-monde.

Disons-le carrément : la liberté sous sa forme pure et abstraite, si elle existe, est sûrement une bonne chose. Mais le *sentiment* de liberté ne prouve rien. La liberté du sentiment n'est ni bonne ni mauvaise, ni un bien ni un mal. Il existe même des contraintes, encore qu'elles soient rares, qui sont utiles et vont dans le sens de la vie. De puissants et évidents sentiments de liberté personnelle sont compatibles aussi bien avec la bonté qu'avec la méchanceté du sujet, avec l'oppression de son semblable qu'avec la compassion.

Lorsque je dis que je souffre d'un besoin total et chronique de liberté, il faut donc prendre cela au sens littéral et surtout ne pas y voir un trait automatiquement positif. Le problème est que, dans nos sociétés actuelles, il n'est guère possible de vivre à terre sans que votre liberté empiète sur celle des autres. L'individualisme généralisé fait qu'il n'y a pas suffisamment de solidarité, d'amour et d'amitié pour éviter les effets pervers de la liberté. Cela vaut également pour moi, dans une mesure plus ou moins grande.

A la mer, avec l'horizon tout entier autour de soi, des mouillages déserts devant l'étrave, le vaste monde comme destination possible et aucun port d'attache ni pour le bateau ni pour l'équipage, on peut en revanche se laisser totalement aller à son désir de liberté. Il est exact qu'acheter son bateau, l'équiper et économiser ce qu'il faut pour vivre pendant deux ans empiète forcément sur la liberté de quelqu'un. Mais il est possible de s'en accommoder, au moins si l'on dispose d'un voilier de taille moyenne qu'avec un peu d'imagination et beaucoup d'ingéniosité on peut équiper et faire naviguer grâce à un salaire mensuel moyen.

On a pu dire qu'il est nécessaire de naviguer. Ce n'est que la moitié de la vérité. Il est nécessaire de naviguer pour être aussi libre qu'on peut souhaiter l'être sur cette terre sans que cela rejaillisse sur les autres. C'est-à-dire : si l'on tient à être libre. Sinon, cela n'a aucune importance.

Le monde est infiniment gris, cruel et méchant, il transporte beaucoup de vermine à travers l'espace – nous pouvons bien le dire, mais le soleil au-dessus de nous ne relève pas de la morale. Le monde est aussi très bon. Nous pouvons bien le dire, mais le soleil au-dessus de nous ressemble à une ruche de feu qui essaime éternellement.

Du cap de la Colère au Bout du monde

Le soleil nous a livrés à nous-mêmes tandis que, à travers l'espace, il ne cesse de répandre fidèlement le sucre de sa lumière pour alimenter la vie.

Sucre de soleil et sel de soleil.

Mais c'est à nous qu'il appartient de résoudre le problème humain.

(*Resor utan mål*)

Et ensuite

J'ai commencé à écrire ce livre le jour où j'ai, pour la première fois, appareillé à bord du *Skum*, pour rallier Påskallavik, dans le détroit de Kalmar, par mes propres moyens. Il a ensuite pris forme et s'est enrichi au cours des hivers pendant lesquels nous avons hiverné sur le *Rustica* à Dragør. Sa composition s'est imposée quelque part en Ecosse et son aspect définitif lui est venu au cours de diverses croisières dans les eaux celtiques, entre le cap de la Colère et le Bout du monde.

Vingt mille milles plus tard, une virgule a été ajoutée dans une vieille maison de marin du XVIIIe siècle, à un jet de pierre du Kattegat, où j'ai maintenant élu domicile, après sept années d'errance. Il me suffit d'ouvrir la porte et de passer la tête à l'extérieur pour voir la pointe de Kullen et l'horizon du Kattegat qui s'ouvre en direction du nord-ouest, derrière une forêt de mâts de bateaux de pêche et de plaisance. Lorsque la tempête se lève, j'entends le fracas des vagues contre la jetée et la grève. Les mouettes, elles, crient autant ici qu'elles l'ont fait autour du *Rustica* dans les différents ports où nous avons vécu à bord. Par vent de nord-ouest à nord-est, l'odeur de mer et de goémon pénètre par les fenêtres. Lorsque la brume est trop épaisse, nous entendons la corne de brume. Bref : nous ne sommes pas dépaysés.

Je ne pouvais rêver mieux que Gilleleje, après avoir décidé de vivre à terre afin que ma fille, Kathrine, puisse trouver la place qui lui revenait. Mais mon désir d'évasion est resté intact. Rien ne pourrait m'être moins étranger que l'idée de vivre de nouveau en mer, sans adresse ni port d'attache. Mon rêve est que Kathrine vienne un jour me demander si je ne voudrais pas aller à nouveau vivre à bord d'un bateau et naviguer pour le restant de mes jours. Je sais que je ne me ferais pas prier.

Car il en va ainsi de la vie et du but que l'on poursuit : cela se termine comme au milieu de la mer et cela commence comme au milieu de la mer, et le but est comme au milieu de la mer.

(*Resor utan mål*)

APPENDICE

A l'intention de ceux qui s'intéressent aux itinéraires maritimes

Beaucoup de ceux qui lisent des livres sur les voyages en mer des autres le font pour y trouver l'inspiration, un encouragement et des tuyaux en vue de leurs propres rêves de départ plus ou moins aventureux. Comme je ne veux décevoir personne, je donne ci-dessous quelques détails.

Ma première grande traversée m'a emmené de Kalvehave, dans l'île de Sjælland, à Saint-Malo à bord du *Moana.* Les instruments de navigation n'avaient rien que de très banal : loch, compas et gonio. Outre ses voiles, il disposait d'un vieux moteur hors-bord qui ne démarrait pas quand on en avait le plus besoin. Comme annexe, nous possédions un petit Zodiac du modèle le plus simple. Gilets de sauvetage, garde-corps et quelques fusées de détresse étaient nos seuls instruments de sécurité, à part un réflecteur radar accroché entre les étais arrière. En matière de pilotage automatique, aucun problème : nous barrions nous-mêmes tout le temps, un peu comme des automates. A deux, les quarts de trois heures étaient la règle. Pendant les deux tiers de la traversée, nous avons été seuls à bord, Janne Robertsson et moi, Helle nous rejoignant pour le troisième. On peut dire que, dans l'ensemble, prudence et enthousiasme ont remplacé dans une certaine mesure un équipement presque inexistant.

Nous avons commencé par emprunter le canal de Kiel, pris en remorque par des gens serviables émus par notre jeunesse et les caprices de notre moteur. Puis Borkum, Vlieland, Zeebrugge, Cherbourg et Saint-Malo. Nos étapes étaient assez longues (la plus longue étant de deux cent quinze milles) et nous avons eu l'impression de surtout naviguer de nuit. En effet, nous veillions à toujours avoir la marée avec nous et, cet été-là, il s'est trouvé qu'elle s'inversait toujours à quatre heures du matin, à l'endroit où nous nous trouvions. Bien décidés à appareiller, Janne et moi avons été plus d'une fois tirés de notre sommeil à trois heures et demie par un réveil têtu. Nous écoutions aussi beaucoup le vent jusqu'à ce que l'un ou l'autre finisse par déclarer que « ça soufflait quand même un peu trop ». Nous nous rendormions donc, ce qui avait pour conséquence de nous faire appareiller à quatre heures de l'après-midi et ainsi de surtout naviguer de nuit (par la suite, nous nous sommes aperçu que cela n'avait aucune importance d'appareiller contre la marée, si l'on fait d'aussi longues étapes que nous).

Personne ne peut soutenir que le temps était idéal pour faire de la voile. Le *Yachting World* a même fait paraître un article sur le temps de cet été-là dont le titre était assez évocateur : *Miserable Summer !*

On me croira donc sans doute si je dis que c'est alors que nous étions à quai à Saint-Malo que le temps a été le plus beau : chaud, ensoleillé et vents d'est pendant une dizaine de jours.

Nous avons aussi effectué de grandes étapes au retour, mais parce que le temps pressait : Saint-Malo - Guernesey - Cherbourg - Dunkerque - Ijmuiden-Den Helder-Holtenau-Kiel.

Soit un total de plus de mille huit cents milles en deux mois et demi.

L'année suivante, aller et retour pour l'Ecosse à bord du même bateau, mais cette fois avec un hors-bord Suzuki tout neuf, car nous devions emprunter le Caledonian Canal, entre autres. Comme matelot, j'avais Sten Holst, de Kalvehave. Helle travaillait et devait venir nous rejoindre par avion et gagner les Hébrides avec nous.

J'ai fait seul les cent cinquante milles me séparant d'Aalborg, sur le Limfjord, où Sten est venu me rejoindre avec un canot de sauvetage d'emprunt sous le bras. J'avais également monté un régulateur d'allure d'un modèle très simple, si simple qu'il n'a jamais fonctionné, sauf peut-être lorsque le *Moana* était si bien réglé qu'il aurait pu s'en passer. Pour le reste, l'équipement était le même que l'été précédent : loch, compas et récepteur gonio.

Nous avons gagné Thyborøn en l'espace de deux jours, en nous arrêtant à Løgstør et à Oddesund, port de pêche en ruine dont on peut espérer qu'il a connu des jours meilleurs. Le temps, lui, était idéal : soleil et un bon vent d'est.

Sitôt amarrés parmi les énormes chalutiers de Thyborøn, Sten, encouragé par les excellentes conditions dont nous avions joui jusque-là, a commencé à parler d'appareiller vers l'Ecosse. Fidèle à mon habitude, j'ai préféré voir venir l'espace d'un jour ou deux et bien m'en a pris. Pendant quatre jours de suite, un fort vent d'ouest est venu marteler de toute sa violence et sa colère les grosses jetées de béton de Thyborøn. Sten et moi avons passé le plus clair de notre temps au Foyer du marin, en compagnie de bon nombre de pêcheurs qui ne semblaient pas pressés de prendre la mer, eux non plus.

La traversée pour l'Ecosse, soit trois cent quarante milles, nous a pris trois jours et dix-sept heures, par temps acceptable et avec vent le plus souvent favorable, mises à part les six dernières heures, où il soufflait de l'arrière de 6 à 7 Beaufort. Pour le reste, le plus beau moment de cette traversée a sans doute été celui où nous avons vu la terre. La première chose que j'ai aperçue fut le phare de Rattray Head. Cela revenait à dire que nous avions atterri à l'endroit précis que nous visions, simplement à l'aide d'un compas et d'un loch, bien que nous ayons changé treize fois de cap, du fait de vents défavorables.

En revanche, je n'ai jamais été aussi fatigué que lorsque nous nous sommes amarrés à Fraserburgh, à la pointe nord-est de l'Ecosse. Sten avait eu le mal de mer pendant deux jours, sur les trois de la traversée. Il a lutté vaillamment et pris tous ses quarts, mais j'ai dû prélever sur mes propres quarts pour naviguer et m'alimenter. Sten, lui, n'avait guère de soucis sur ce dernier point, puisqu'il n'a pratiquement rien mangé pendant tout le voyage.

Après avoir pris quelques jours de repos, nous avons pénétré dans l'Inverness Firth, avec Lossiemouth comme première escale, avant d'accoster à Inverness et de franchir les écluses du Caledonian Canal. Une fois sur celui-ci, nous avons pris tout notre temps et jeté l'ancre sur les eaux noires du Loch Ness, passant une nuit sous les ruines d'Invergary Castle et plusieurs jours à Corpach, avant de sortir dans l'Atlantique.

De Corpach nous avons gagné Oban, la plus grande ville des Highlands sur la côte ouest, où Helle nous a rejoints en avion et en car. Puis ce fut Tobermory, où s'arrêtent tous les plaisanciers qui se respectent. Le reste des deux semaines suivantes, nous l'avons passé à différents mouillages dans le détroit de Mull et parages avoisinants, Loch na Droma Buidhe (plus connu sous le nom de Drambuie), Loch Aline, Shuna Sound, Kerrera.

Pour rentrer, nous avons emprunté le même itinéraire qu'à l'aller, à la différence que, cette fois, nous avons appareillé de Buckie, sur la côte est de l'Ecosse et sommes arrivés à Aalbæk, au sud de Skagen, au bout de quatre jours et demi, c'est-à-dire assez longtemps pour trouver notre second souffle, ce qui fait que nous aurions pu continuer encore longtemps ainsi sans toucher un port quelconque.

Le voyage suivant s'est fait attendre quelques années. Nous étions devenus plus ambitieux, tant dans le temps que dans l'espace, et désirions disposer d'un bateau plus grand. La seule façon d'avoir les moyens à la fois du voyage et de l'achat du bateau était de vivre à bord de celui-ci, le *Rustica.*

Après quatre ans de cette vie, nous avons quitté Langelinje, à Copenhague, au son des trompettes et sous les signes d'adieu de membres de la famille et d'amis. Je reconnais que j'ai eu de curieuses sensations au cœur et à l'estomac lorsque le comité a commencé à s'estomper, à l'arrière. Par la suite, j'ai appris que des sentiments analogues avaient été éprouvés à terre. Tout compte fait, notre but déclaré était de rester absents pendant une durée indéterminée, tant que nous aurions assez d'argent pour cela, c'est-à-dire entre un et cinq ans. Sinon pour toujours.

Pour commencer, nous avons suivi le sillage du *Moana* et traversé le Kattegat, de Helsingør à Aalborg, en un jour et une nuit. Lorsque nous avons accosté à Aalborg, c'était la tempête et, les jours suivants, des vents pouvant aller jusqu'à 12 Beaufort ont balayé le Danemark et le sud de la Suède. La capitainerie de Langelinje avait même cherché le numéro de téléphone de la mère de Helle pour s'assurer que nous n'étions plus à la mer lorsque la tempête s'était déchaînée. Sur place, là-bas, des voiliers avaient rompu leurs amarres et il y avait eu de gros dégâts. Mais nous avons eu de la chance. Nous avons touché le port avant que le gros de la tempête n'éclate. Avant de poursuivre notre voyage, j'ai cependant dû grimper nettoyer la lentille du feu de tête de mât, qui était recouverte d'une épaisse couche de bonne terre du Jutland du Nord.

Une fois la tempête calmée, nous avons emprunté le Limfjord jusqu'à Thyborøn, puis traversé la mer du Nord jusqu'à Fraserburgh et ensuite Inverness, le Caledonian Canal et Tobermory. Ce n'est qu'après cela qu'a vraiment débuté la découverte, même si la joie des retrouvailles était grande. Revenir en Ecosse, c'était, au prix d'un nouveau paradoxe, comme revenir à la maison. De Tobermory nous avons gagné les Hébrides extérieures, véritable paradis sur terre pour des gens comme nous, à cause de la paix dont on y jouit, des vents qui y soufflent et du mélange de soleil et de pluie. Ensuite, nous avons fait une croisière d'une quinzaine de jours dans les mêmes parages avec la famille de Helle. En effet, sa mère avait, à mon insu, loué un bateau et s'était mise d'accord avec elle pour me faire la surprise d'un appel sur la VHF par un certain MacDuff, pas inconnu des lecteurs du *Cercle celtique*. Mais le jour où sa famille devait embarquer sur ce voilier de location, un violent coup de vent du sud-est s'est mis à souffler et nous étions à Loch Boisdale, sur South Uist, à attendre que les choses se passent et à regarder la pluie tomber à verse.

— Il faut que je te confie quelque chose, m'a dit Helle sur un ton différent de celui qu'elle a d'habitude.

J'ai alors appris le fin mot de l'histoire et la raison de tous ces coups de téléphone qu'elle avait donnés ces derniers temps. Nous avons décidé qu'il n'était pas très indiqué d'inciter sa famille à s'aventurer à bord d'un bateau dont elle n'avait pas l'habitude et sur des eaux inconnues, au nord d'Ardnamurchan qui, pour les plaisanciers écossais, est une sorte de point de non-retour. Nous avons fait demi-tour et, au lieu de ce qui était prévu, c'est moi qui suis allé à la rencontre de la famille à la rame, sur l'annexe, lorsqu'elle a fini par arriver à Tobermory.

Il est ensuite apparu que nous aurions pu les laisser faire le tour de l'Ecosse au cours de ces dix jours-là. Le soleil dardait ses rayons du haut d'un ciel sans nuages, le vent brillait par son absence la plupart du temps et l'île de Coll a battu des records de chaleur, avec 26,9 degrés.

Après dix jours passés ensemble à divers mouillages, nous avons pris le Crinan Canal et quitté les Highlands et la famille. Nous étions impatients de naviguer dans de nouveaux parages et de connaître de nouvelles aventures. Même si nous avons été gâtés de ce point de vue en Irlande, en Bretagne et en Galice, la côte ouest de l'Ecosse n'a pas son pareil, malgré le froid qui a régné à certains moments, la pluie qui tombait à verse lorsque passaient les dépressions et les avis de coup de vent qui se succédaient comme les perles sur un collier.

A l'autre extrémité du Crinan Canal, Sten est venu nous rejoindre. Il s'est réjoui du confort du *Rustica*. Naviguer sur un Rustler 31 était pour lui comme conduire une Rolls-Royce en comparaison de ce qu'il avait connu précédemment. Mais il était triste de ne pas revoir la côte ouest de l'Ecosse.

En compagnie de Sten nous avons d'abord gagné East Loch Tarbert et Campbeltown et, de là, l'Irlande du Nord. Malgré la chaleur de l'accueil, nous ne nous sommes pas sentis très à l'aise en Ulster, dans ces marinas closes gardées par des hommes en armes. Depuis le petit port de pêche d'Ardglass, avec ses phoques souffleurs, nous avons rallié directement Howth, près de Dublin. Là, Helle et Sten ont débarqué. Helle devait rentrer au pays pour travailler pendant deux mois. Après être resté à quai une dizaine de jours à attendre un Zodiac neuf destiné à remplacer l'optimiste *Sussi* – trop lourd, malgré les palans, et instable –, j'ai entrepris une traversée en solitaire jusqu'à Cork, à deux cent milles de là, par Wicklow, Arklow et Dunmore East. J'ai accosté à Crosshaven, où Janne Robertsson est venu me rejoindre afin de longer ensemble la côte sud-ouest et d'aller rendre une petite visite au Fastnet Rock. Cela nous a pris une semaine et nous avons ensuite trouvé le lieu d'hivernage idéal, Kinsale, un peu au sud de Cork.

L'hivernage à Kinsale restera pour nous un souvenir inoubliable, parmi tant d'autres au cours de cette expédition. Il faudrait un livre entier pour le raconter.

Avant de quitter l'Irlande, Helle et moi avons tenté, une fois l'hiver écoulé, de longer à nouveau la côte sud-ouest de l'île. Nous avons appareillé le 1er avril par un temps printanier magnifique, dont nous n'avons plus vu l'ombre, ensuite, pendant un mois. Mais nous avons fait des expériences extraordinaires, en tant qu'uniques plaisanciers de passage à cette époque de la saison. Nous avons atteint Crookhaven, splendide mouillage situé aussi loin au sud-ouest qu'il est possible, avant de faire demi-tour, las de ces coups de vent incessants qui faisaient hurler nos haubans, et de regagner Kinsale pour y reprendre des forces.

Au bout de quinze jours, nous avons quitté l'Irlande pour de bon, le cœur gros. Il nous a fallu un jour et demi pour accomplir, à travers la mer d'Irlande, les deux cents milles nous séparant de Newlyn, et non sans mal car le moteur est tombé en panne au bout de trois heures de navigation. A Falmouth nous avons pris connaissance du diagnostic et surtout de l'addition : dix mille couronnes.

Quinze jours plus tard, nous partions en pétaradant à mi-régime, car il fallait roder la nouvelle pièce, pour rallier Tréguier, en Bretagne. Nous savions alors que nos jours de totale liberté étaient comptés. J'avais en effet appris que je pouvais obtenir un poste d'assistant de recherches à l'université. J'avais eu la chance que ce poste soit supprimé, pour raisons d'économies, juste au moment où nous avions réuni assez d'argent pour partir. J'ai accepté, le cœur lourd. On ne peut rêver travail moins astreignant que celui d'assistant de recherches. On n'a guère d'enseignement à assurer, nulle obligation de présence et on est « seulement » obligé d'effectuer des recherches d'un certain calibre. (Ce qui ne veut pas dire, comme on pourrait le croire si l'on a des préjugés, qu'on n'a rien à faire ; c'est plutôt le contraire, les assistants de recherches sont une bonne affaire pour l'Etat : ils travaillent en général plus de quarante heures sans pouvoir toucher un centime d'heures supplémentaires – celui qui ne me croit pas n'a qu'à interroger le personnel de sécurité qui garde l'université pendant la nuit.)

A l'avenir, nous allions être contraints de rester au pays en hiver et de nous contenter de faire de la voile pendant l'été, même si nous pouvions espérer disposer de trois mois pour cela. Après avoir fait le tour de la côte nord de la Bretagne, cet été-là, nous avons décidé de laisser le bateau à Tréguier, ville qui nous avait séduits, avec sa marina bien abritée, assez loin à l'intérieur des terres.

Mon poste d'assistant de français présentait en outre l'avantage de me permettre de venir en France en hiver et de surveiller le bateau tout en travaillant, c'est-à-dire de perfectionner et rafraîchir mes connaissances linguistiques. J'ai consacré trois semaines à cela, au mois de janvier.

Le 20 mai, l'année suivante, nous avons à nouveau appareillé, contourné la Bretagne sans nous presser et gagné Belle-Ile. Là, nous nous sommes préparés à traverser le golfe de Gascogne. Il nous a fallu deux jours et demi pour aller de Belle-Ile à Gijón, dans les Asturies, d'où nous avons ensuite longé le coin nord-ouest de l'Espagne. En Galice, nous avons pénétré dans presque toutes les *rías*, plus magnifiques les unes que les autres, mais malgré tout sans nous y plaire autant qu'en Irlande.

Puis est venu le moment toujours aussi douloureux d'abandonner le *Rustica* à son sort et de retrouver la grisaille de tous les jours, c'est-à-dire ceux dont on sait à l'avance de quoi ils vont être faits. Cette fois, notre choix s'est arrêté sur Villagarcia, au fond de la Ria de Arousa, non à cause de la ville, qui est laide à pleurer, mais de sa marina et des possibilités de communication.

Mais il s'est révélé que cette marina n'était pas aussi abritée qu'elle en avait l'air. Au mois de janvier, je suis descendu pendant deux semaines pour aller veiller sur le *Rustica*. Lorsque je suis arrivé, le vent soufflait si fort que mon avion a été le dernier à pouvoir atterrir, non sans nous chahuter, sur l'aérodrome de Saint-Jacques-de-Compostelle. Et il a continué à souffler ainsi pendant deux semaines. La population locale, pourtant habituée aux tempêtes de l'hiver, avait rarement vu cela. La Galice a été tellement arrosée que de grandes parties en ont été inondées. Il s'écoulait tellement d'eau douce dans les rías que les moules des grands parcs ont crevé. Il ne se passait pratiquement pas un jour sans qu'un navire soit en détresse. Il était à peine possible de vivre sur le *Rustica*, même pour moi qui avais passé cinq ans à son bord. A quai, il roulait tellement qu'il était impossible de garder une tasse de café sur la table et, en une occasion particulièrement malheureuse, le sommet du mât est allé cogner dans celui du bateau voisin. Le feu de tête de mât et la VHF y sont restés et j'ai en fait dû aller passer trois nuits à l'hôtel pour pouvoir dormir. J'ai même dû m'y rendre pour une nuit supplémentaire car je n'arrivais pas à monter à bord à partir de la mince passerelle courant le long de la coque du *Rustica*, tellement cela dansait.

Les personnes prudentes et bien organisées se demandent sans doute comment nous avons « osé » laisser notre bateau en un endroit aussi éloigné et peu abrité. N'avions-nous pas peur des vols, par exemple ? En réalité, le risque de vol était moins grand qu'ailleurs étant donné que la marina était surveillée vingt-quatre heures sur vingt-quatre. En ce qui concerne le vent et le risque de mauvais temps, j'avais rarement vu une marina semblant plus abritée. J'avais simplement négligé un détail : le grand quai en béton du port de commerce. Au fond de la ría, les vagues ne dépassent jamais deux mètres, même en cas d'ouragan, et la houle venue de l'Atlantique ne pénètre jamais jusque-là. Il se trouvait seulement que ces vagues rebondissaient sur le quai et venaient ensuite frapper le flanc du *Rustica*.

Après avoir passé un nouvel hiver au pays, nous devions gagner l'Irlande à la voile. Nous avions l'intention de laisser à l'avenir le bateau en Ecosse, car c'était là que nous désirions surtout naviguer. Nous avons quitté le port de Villagarcia pour Camariñas, point de départ idéal pour rallier l'Irlande. Nous avons attendu une semaine que les profondes dépressions et les vents violents qui les accompagnaient s'éloignent vers le nord. Ce fut assez long pour que les soupçons de Helle s'éveillent. Un test de grossesse acheté à la pharmacie locale lui a ôté ses derniers doutes : elle était enceinte.

Beaucoup de choses changeaient brusquement. Comme je l'ai déjà dit, nous ne sommes pas des héros de la mer. Plutôt le contraire. Après une semaine supplémentaire passée à écouter des avis de coups de vent en mer d'Irlande, nous avons décidé de confier le *Rustica* à des professionnels, c'est-à-dire des gens qui ne risquaient pas d'avoir le mal de mer parce qu'ils attendent un enfant, pour le ramener au pays. Nous avons donc appelé une firme spécialisée, en Angleterre, et, quelques jours plus tard, deux hommes venaient nous rejoindre sur le quai de Camariñas. Ils se sont chargés du *Rustica* et l'ont ramené tout droit au pays en l'espace de deux semaines pour environ vingt mille couronnes (plus exactement six dollars le mille), c'est-à-dire à peu près ce quc cela nous aurait coûté de le laisser en Ecosse et de prendre l'avion pour aller veiller sur lui et naviguer.

Nous avons pris livraison du *Rustica* à Brunsbüttel, près de Kiel, et avons navigué pendant trois jours très ensoleillés et peu venteux au sud de la Fionie et dans ces parages. Ce fut une expérience un peu mitigée. Il était agréable de ne plus avoir à sentir l'éternelle houle et les inexorables marées que nous avions connues depuis que nous avions quitté le Danemark. C'était magnifique, aussi, d'une certaine façon, d'avoir tant de ports et de mouillages à notre disposition en même temps. Mais cela a été un choc de voir le nombre de bateaux qui naviguent et se bousculent sur nos eaux et dans nos ports. Aux mouillages les plus fréquentés de Galice, d'Ecosse et d'Irlande, il y avait au plus quelques bateaux. Au Danemark, les chiffres étaient à multiplier par quatre. Il est difficile de trouver une bonne place si l'on rentre au port un peu tardivement dans l'après-midi. Et surtout, tout le monde se moque de qui l'on est et d'où l'on vient. Personne n'éprouve le besoin de vous inviter à prendre un verre et à bavarder dans une cabine douillette. Nous non plus, d'ailleurs. Ici, la voile est souvent synonyme d'anonymat et de consommation, ni plus ni moins – alors que c'est pour échapper à cela que nous naviguons.

En tout cas, le *Rustica* est maintenant en sécurité dans le port de Gilleleje. J'espère qu'il n'est pas trop mécontent d'avoir un port d'attache fixe, pour la première fois depuis qu'il nous appartient. Mais, en même temps, je suis à peu près sûr que, comme à moi, il lui manque quelque chose. Passer ses jours à rêver de ce qui se cache au-delà de l'horizon est bel et bon, mais c'est différent de partir à bord d'un beau voilier tenant bien la mer, pour aller voir soi-même.

P.S. Nous avons vendu le *Rustica* au cours de l'été 1999 et il vogue maintenant sur les eaux de la côte ouest de la Suède. Il est en de bonnes mains. Au cours de l'année où je n'ai pas possédé de bateau, j'ai été en manque. Sans bateau, je ne me sens pas en sécurité, paradoxalement. Pour moi, le bateau a toujours été la principale soupape de sécurité. Mais je n'ai pas souffert trop longtemps. Au sec à Gilleleje se trouve maintenant un nouveau bateau, une *Bulle de soleil* dessinée par Caroff, l'architecte français spécialisé dans les voiliers au long cours. Avec sa solide coque en acier de 11,5 mètres de long, il n'est pas aussi beau que le *Rustica*, mais il a de la personnalité et d'autres qualités, en particulier une dérive qui lui confère des possibilités nouvelles et insoupçonnées. La dérive relevée, il n'a que 70 centimètres de tirant d'eau et peut échouer sans problèmes ! Il n'y aura plus, désormais, de baie dans laquelle nous ne pourrons mouiller ni de port dans lequel nous ne pourrons pénétrer. Nous lui avons donné le nom de *Stornoway*. Dans deux ans, nous l'emmènerons là-bas.

TABLE

Cet ouvrage a été réalisé par

FIRMIN DIDOT
GROUPE CPI

Mesnil-sur-l'Estrée

pour le compte des Éditions Grasset
en avril 2002

Imprimé en France
Dépôt légal : avril 2002
N° d'édition : 12395 – N° d'impression : 58997
ISBN : 2-246-62341-3